Un balcon sur l'Urubamba

(extrait de Un petit routard)

Jean-François Ruiz-Cuevas

Un balcon sur l'Urubamba

Road novel autobiographique

Correction : Violaine Esnault (RIP)

Édition : BoD · Books on Demand, 31 avenue Saint-Rémy, 57600 Forbach, bod@bod.fr
Impression : Libri Plureos GmbH, Friedensallee 273, 22763 Hamburg (Allemagne)

ISBN : **978-2-3226-6262-3**
Dépôt légal : Juin 2025

La vertu d'un voyage, c'est de purger la vie avant de la garnir.
Nicolas Bouvier. *L'usage du monde.*

En Amérique du Sud, j'ai compris que la liberté, ce n'était pas de pouvoir faire ce qu'on veut, mais de n'avoir presque rien à perdre.
Carnet de route anonyme.

Pour Edda, Hannah, Ulla et Joseph †

Avant-propos

1978.

J'ai tout juste vingt ans.

En cette fin des années soixante-dix, les temps sont moroses et déprimants. Dans ma petite ville de province le ronron de la vie quotidienne m'endort. J'ai arrêté mes études après le bac sans savoir trop de quel côté diriger ma vie. Faire du journalisme ou travailler dans le secteur culturel, j'hésite.

Je me cherche, comme on se cherche à cet âge-là, la tête saturée d'interrogations sur mon avenir.

Je n'ai qu'une certitude : ne pas suivre le rythme boulot-métro-dodo, ne pas tomber dans la routine comme les adultes qui m'entourent. Nos grands frères de mai soixante-huit qui ont voulu refaire le monde se sont perdus dans des groupuscules d'extrême-gauche ou sur la route des Indes. Ceux qui en sont revenus sont en train de *rentrer dans le rang,* rattrapés par le rouleau-compresseur de la réalité. Beaucoup de mes amis ont sombré depuis quelques temps dans le *no future* et la punk-attitude de banlieue. Ils traînent bien *destroys* avec des mines dépressives et désespérantes, devenant complètement infréquentables.

Comme beaucoup de ma génération je suis un enfant de la contre-culture, jean délavé, cheveux longs et un refrain de Dylan dans la tête. J'ai lu les écrivains que l'on se doit d'avoir lu, surtout ceux de la *beat generation.* Jack Kerouac m'a amené sur la route, j'ai suivi Henry Miller dans les rues de New-York et je suis monté avec Cendrars dans son Transsibérien. J'ai passé des nuits blanches à feuilleter Actuel ou à écouter des émissions de rock à la radio. De temps en temps je traîne dans des concerts, pour faire comme les copains, mais je m'y ennuie presque toujours. Quand je suis seul je noircis des pages d'écriture, me cherche un style littéraire, remplis des carnets de proses imitant mes auteurs préférés et de poèmes qui ne valent pas grand chose. Je suis le parfait rejeton de mon époque, un baba-cool tranquille qui pose beaucoup et pérore trop souvent.

Avec quelques comparses de mon âge, mal rasés et aux cheveux longs, nous nous retrouvons tous les soirs derrière la vitre d'un bar pour nous enivrer de bière et discutailler en écoutant Franck Zappa ou du free-jazz. Ce bistrot, c'est notre point de chute quotidien, notre refuge, qu'il pleuve ou qu'il vente. Bien-sûr il nous prend de temps en temps des envies de refaire le monde, comme toujours à vingt ans, quand on a la vie devant soi. Nous essayons de nous convaincre que pour nous la vie sera différente, que nous ne vivrons pas comme nos parents, que nous irons au bout de nos rêves, mais à part converser sans fin sur l'avenir de la société, notre seule activité est d'organiser tous les samedis soirs des fêtes mémorables, tantôt chez l'un tantôt chez l'autre, soirées où la bière coule à flots et l'atmosphère est chargée d'effluves interdites. Je trouve de plus en plus que mon existence tourne en rond.

La France s'ennuie et moi aussi.

Depuis quelques mois j'ai lu dans Libération des articles sur la situation sociale en Amérique Latine, j'ai croisé des Chiliens en exil ayant échappé aux geôles de Pinochet, fréquenté des Argentins qui m'ont raconté leurs pays gouverné par les militaires, écouté des Brésiliens qui ont fui la dictature. Des routards de passage rencontrés en Grèce l'an dernier m'ont parlé de la Fête du Soleil au Pérou, l'Inti Raymi, qui rassemble des milliers de routards vers la fin juin. Ils m'ont décrit la folies des jungles brésiliennes, les étals de fruits des marché latino-américains et la vie bon marché sous les tropiques pour les hippies et les routards. Ils m'ont raconté les rencontres possibles sur la route, le sourire des filles, l'amabilité des habitants et les musiques rythmées de ces pays torrides.

Le bar quotidien est devenu trop petit pour moi. Mes amis sont bien aimables mais je les ai trop fréquentés, avec eux je tourne en rond. J'ai envie de nouveaux visages et d'autres paysages, élargir mon champ de vision est de première nécessité.

Un beau matin je prends mon sac à dos et saute dans un avion pour l'autre côté de l'Atlantique.

Fin juillet 1978.

Je suis au Pérou depuis trois mois.

Après avoir traversé le sud du pays et une grande partie de la cordillère des Andes en auto-stop, en bus et en train, après avoir séjourné dans un monastère près de Huancayo, après avoir assisté à l'Inti Raymi à Cuzco, triste fête du soleil, cérémonie pour célébrer le solstice d'hiver attirant les touristes et les néo-hippies du monde entier, après avoir effectué une expédition à cheval de trois semaines vers les ruines de Vilcabamba, dernière cité des résistants incas, aujourd'hui perdue dans les montagnes et la jungle, après avoir zoné dans Cuzco et rencontré une pléthore de charmantes personnes ou de zonards pathétiques, je décide de rejoindre Joseph, un basque espagnol dont j'ai fait la connaissance récemment, et qui vient de louer une petite maison à Ollantaytambo, avec trois amies Danoises. Il m'a cordialement invité et je n'ai pas pu refuser.

Ollantaytambo est une petite ville dans la vallée sacrée des Incas, un gros village tranquille, dominé par des ruines incas, à deux heures de Cuzco, à mi chemin entre le Machu-Pichu et Cuzco, où coule la rivière Urubamba que j'ai souvent croisée dans mon périple péruvien.

Joseph est déserteur de l'armée espagnole. Il a vécu en France et en Angleterre. Il voyage en Amérique Latine depuis plusieurs mois. Nous avons tout de suite sympathisé.

Faire une petite halte de deux jours sur mon chemin vers le Machu me semble une bonne idée.

Je ne m'en doutais pas du tout mais cette halte allait durer plus que prévue...

Un après-midi de folie, première partie

Je sens une arnaque, une impression claire et nette que cette compagnie de transports m'a vraiment roulé dans la farine.

Le pigeon de service, sur le coup, parfaitement pigeonné, c'est votre serviteur.

Le bus pour Ollantaytambo va se lancer vers les montagnes et je suis debout, raide comme un I, au milieu de l'allée, au fond du bus, perplexe et passablement énervé. L'arnaque est là, une embrouille en vue. Cette chansonnette les Péruviens ne me l'avaient jamais chantée.

J'ai beau lire et relire le numéro inscrit sur le billet vendu par la compagnie, « *asiento 45* », compter les sièges, vérifier et recompter, aller trois fois au fond du bus, ennuyer les autres passagers avec mon sac à dos, je me rends à l'évidence, le bus ne comporte que quarante-quatre sièges et ils sont tous occupés par des Péruviens, habitants de la région de Cuzco, paysans qui remontent vers leurs villages, gens simples et humbles. Je n'ose pas encore appeler cette situation une escroquerie, mais ça sent la survente de tickets de bus. Je sais que cette pratique existe chez les compagnies aériennes, mais je ne l'imaginais pas dans un bus d'une modeste compagnie péruvienne de seconde classe qui relie Cuzco à Ollantaytambo, en deux heures de route, maxi. Je remonte à l'avant, bousculant au passage deux vieilles qui m'interpellent en quechua. Exaspéré, j'apostrophe le chauffeur.

— Excusez-moi... y'a un problème. Je me mets où ? Il est où le siège quarante-cinq ?

Il me regarde de haut en bas, plutôt deux fois qu'une, en fronçant les sourcils.

« Encore un étranger qui cherche des histoires... » *doit-il se dire. J'arrive à lire dans son esprit. Il vaut mieux qu'il me règle ça, et vite. Je les connais ces types, avec eux ont a toujours tort vu qu'on n'est pas d'ici. Celui-là a tout intérêt à me le trouver, le siège quarante-cinq. J'ai plus envie de rire.*

Un jeune Péruvien, allure proprette du lycéen allant rendre visite à sa grand-mère à la campagne, cherche lui aussi sa place. Pour lui le cas est plus grave, je dirais même désespéré, ils lui ont refourgué le billet numéro quarante-six ! Quarante-six, alors que le bus n'a que quarante-quatre sièges ! Quarante-cinq et quarante six sont-ils sur le toit, en plein vent, ou sous le bus, dans la soute au milieu des bagages ? Le chauffeur souffle et rechigne. En plus il nous prend pour des illettrés, vérifie nos tickets de transport, au cas où nous ne saurions pas lire, puis file au fond du bus s'assurer que les sièges quarante-cinq et quarante-six n'existent pas. Revenu à l'avant, il descend du véhicule, nous plante là, nous debout et les autres passagers impatients de partir. Il va jusqu'à un chalet délabré, aménagé en bureau, voir de quoi il en retourne. Tous les yeux, regards noirs et lourds, regards pesants, regards de reproche et de colère, sont braqués sur nous.

Nous, les deux lascars abrutis auxquels ces apprentis arnaqueurs ont refilé des billets dont les sièges n'existent pas !

Nous, les deux guignols de service qui retardent le départ, comme si en plus nous étions responsables de leurs arnaques.

Nous, plantés au milieu du bus, en attente d'une solution.

Le type revient cinq minutes plus tard, regard fuyant, gêné. Il a changé de ton. Vaut mieux pour lui.

— Désolé, *señores*, on a vendu plus de billets que de

sièges, ça arrive à l'occasion. Vous pouvez attendre le bus suivant. Ou vous pouvez rester debout, dans l'allée, dès que quelqu'un descendra vous pourrez prendre sa place.

Quelle superbe organisation ! Je suis encore tombé sur des pros ! C'est ma veine.

En Amérique latine il faut s'attendre au pire, et le pire n'est jamais décevant. Je devrais le savoir, à force, depuis que je traîne sur ces chemins de poussière, mais non, j'ai toujours de belles surprises. Ces bougres m'étonneront toujours. Sous ces latitudes le voyageur solitaire apprend à rester flegmatique. En permanence à l'école de la patience, j'en emmagasine pour plusieurs vies. Depuis trois mois je baigne en plein réalisme fantastique. J'effectue, inconsciemment, un travail quotidien sur moi-même pour m'arracher de mon univers cartésien et vivre dans une société souvent irrationnelle. Des phénomènes paranormaux, fantastiques, farfelus, hors logique, surréalistes dirait un européen, peuvent surgir dans la vie quotidienne, à n'importe quel moment et n'importe où, sans que personne ne soit surpris. En cette fin des années soixante-dix, routard solitaire, j'apprends tous les jours, et si les voyages forment la jeunesse, comme dit le proverbe, alors je suis en pleine formation. Se réserver une dose de fatalisme, teintée de perplexité et d'humour, permet de garder une bonne santé mentale, sinon le voyage n'est plus possible. Celui qui chercherait de la rationalité ou de la logique dans les détails de la vie quotidienne, celui-là risque vite d'atteindre la crise de nerfs, ne plus rien supporter, s'énerver pour un oui pour un non, passer des jours horribles. Pour ce voyageur trop cartésien le voyage devient vite un parcours infernal. Pour l'impatient, fini le conte de fée. Le bus n'a que quarante-quatre sièges, et la compagnie vend des billets numérotés quarante-cinq et quarante-six. Et alors ? Où est le problème ? Éclats de rire obligatoires. Qui pourrait s'en offusquer ? Qui pourrait se mettre en rogne, si ce n'est un étranger peu habitué à ces us et coutumes et qui ne trouverait là aucune explication logique.

C'est les aléas de l'aventure. Foutu pays quand même.

J'ai acheté mon billet la veille, choisissant de partir

vers quinze heures pour arriver à Ollantaytambo avant la tombée de la nuit. Une fois mon sac calé en hauteur en déplaçant des baluchons, je m'assois vers le fond, dans l'allée, entre les sièges, sur le métal froid et sale. C'est un bus local qui n'assure que des trajets autour de Cuzco, un véhicule de seconde classe, une compagnie de transport pour les autochtones, pas pour les touristes, avec des sièges marron, usés et rudimentaires, de vieilles vitres assez crasseuses. Un bus style bus scolaire américain, pas jaune mais vert, avec quarante-quatre sièges, pas un de plus, et un tableau de bord ornementé de guirlandes multicolores, décoré d'un poster de la sainte vierge scotché en hauteur, face à l'allée. Elle est là pour nous surveiller et nous protéger des aléas du voyage.

En Amérique latine les bus sont toujours décorés d'images pieuses, chromos religieuses kitschissimes, visages de Christ bienveillants nous regardant fixement et nous bénissant, représentations de la Vierge vêtue de blanc et de bleu, saints et martyrs entourés d'anges et de fleurs et qui, grâce à un effet technique saisissant, vous suivent des yeux, où que vous soyez, multitudes de personnages du panthéon chrétien toujours accompagnés du sacré-cœur de Jésus rayonnant de feu sur leurs poitrines ou dans leurs mains. Ses cadres mystiques sont entourés de guirlandes lumineuses aux minuscules ampoules clignotant sans cesse comme dans un Noël éternel. Parfois une petite tirelire est aussi fixée au centre de l'habitacle, sous le portrait de la vierge, et les passagers déposent une petite pièce en montant dans le véhicule. De temps en temps une inscription trône bien proprement sur la partie supérieure du pare-brise, « Jésus est mon sauveur » est la plus courante, mais j'ai vu aussi des « Jésus sauveur du monde » et des « Il veille sur notre chemin ». Nous voilà tranquilles pour les deux heures et demie de voyage, rien ne peut nous arriver.

Pour l'instant, le regard de la Sainte Vierge est fixé sur moi, mal assis à hauteur de caniche. Je croise aussi le coup d'œil furtif du chauffeur dans le rétroviseur intérieur.

Je détourne les yeux. Me voici encore sujet d'observation, tel un martien qui aurait voyagé dans ce véhicule, avec tous les regards sur moi et dans mon dos les rires sarcastiques des Péruviens moqueurs. Un gringo qui a acheté un siège invisible et voyage cul par terre, voilà une bonne blague. C'est la revanche du tiers-monde trop souvent humilié par ces sacrés étrangers qui se croient partout comme chez eux. Eux si souvent tristes, cet évènement leur rend le sourire. Ces grands enfants s'amusent d'un rien.

Moi je prends mon mal en patience, et, billet numéroté ou pas, je sauterai sur la première place qui se libérera.

Nous quittons Cuzco. Le bus prend la route des montagnes, vers la Vallée Sacrée des Incas. Un vieux type, plus vieux sûrement que la Terre elle-même, au visage buriné par le vent et le soleil, un paysan véritable, est assis confortablement à ma gauche. Il me regarde depuis un moment et me sourit, le regard plein de compassion.

— Dans une heure au plus tard on sera à Pisac. Je descends là. Je suis de Pisac. J'étais à Cuzco, deux jours, voir ma fille. A Pisac vous pourrez prendre ma place. Vers Ollantay le bus n'est jamais plein. Ils ne vérifient pas les billets. C'est des voleurs cette compagnie vous savez, ça arrive de temps en temps, ils vendent plus de billets que de sièges. On fait avec…

Le bus traverse l'altiplano assez désertique. Je connais déjà le paysage mais le peu que j'en distingue est toujours un plaisir pour les yeux. Pisac n'est qu'à une heure et quart de route. Nous arriverons à Ollantaytambo une heure après. Je reste fataliste, ce n'est pas si terrible en fin de compte de rester assis par terre pendant un si court trajet. L'essentiel est d'arriver.

Et puis, en me baissant légèrement, j'ai une vue magnifique sur les chaussures de cette aimable population. Tous les styles s'affichent sous mes yeux, simples chaussures de cuir premier prix, sans fioritures, croquenots de rustres, godillots crasseux, souliers noirs à talons épais pour les Péruviennes, chaussures de ville pour les citadins en goguette et de sport pour des jeunes gens assis devant. Dis-moi comment tu te chausses et je te dirai qui tu es. Pour ma part, comme mes frères babas des années soixante-dix, je survis avec une paire de clarks qui furent beige une fois, il y a longtemps, dans une autre vie.

Avec la Sainte Vierge qui me fixe, le paysage qui défile, le bus qui sprinte, les pieds et les chaussures des paysannes, je finirai par découvrir Ollantaytambo. Joseph et ses Scandinaves ne m'attendent pas, j'arrive quand je veux.

Entre Cuzco et Pisac, en montagne, la route se tortille, virage à gauche, virage à droite. Être trimballé comme un animal est assez éreintant. Mon buste tangue dans le sens de la route, je penche un coup à droite, un coup à gauche, comme sur une moto, impossible de faire la sieste. Les autres voyageurs somnolent sur leur sièges, chanceux. J'aurais quand même préféré être assis normalement que posé là par-terre, le derrière sur la ferraille froide et sale. Je comprends pourquoi l'autre type qui avait le billet quarante-six a préféré attendre le bus suivant.

Huit kilomètres avant Pisac les trop nombreux lacets de cette route qui n'en finit jamais me fatiguent sérieusement et je me mets debout, m'agrippant aux sièges autour de moi. Cette position, peu commode, me permet de découvrir le bord de la route, les ravins très proches, le paysage qui se déroule, parchemin infini. Dans dix minutes nous arriverons à Pisac. Fin de la galère. Je pourrai enfin m'asseoir. Je prendrai la place du vieux, et voilà, l'incident sera clos. Au revoir et merci, on n'en parlera plus. Je leur pardonne déjà.

Et soudain…

Oscillations.

Tangage.

Roulement sur les chapeaux de roue.

Accélération du véhicule sur la dernière ligne droite avant des virages.

J'aperçois le village en bas, dans la vallée, avec l'Urubamba qui n'attend que moi. Nous prenons de la vitesse. Zigzag et embardées, encore. Est-ce normal que le paysage danse et s'agite ? J'en doute.

Premiers cris des passagers. Aaaaah… Oooooh… Le véhicule se transforme soudain en bus de manège et la cargaison humaine pousse des soupires. Aaaaahhh… Le vieux à côté de moi me lance un regard interrogateur, désespéré, mais je n'en sais pas plus que lui. Toute la détresse de l'humanité face à l'adversité dans ce regard anxieux. Assis, pas assis, arnaqué ou moqueur, nous sommes face à un mur d'interrogations. Qu'est-ce qui nous arrive là ?

Dix secondes que le bus danse. Dix interminables secondes.

Les évènements s'enchaînent alors en un éclair. Même pas le temps de prendre une deuxième respiration, on y est, c'est là. Les vieilles femmes assises à l'avant, aux premières loges, poussent des cris de terreur. Ooooohhh. Pas le temps de rien. La vie va trop vite. La mort avance à grands pas. Elle rôde sur la route. Le bus se balance de façon saccadé, patine, dérape, glisse. La valse surprise. J'ai beau tendre l'oreille je n'entends pas l'orchestre, que des ohhh et des ahhh. On ne s'y attendait pas à celle-là. Hum, on va chavirer, c'est sûr. Pas besoin d'être grand clerc pour le comprendre. Nous allons verser dans les caillasses, salut les gars, c'était sympa de vous avoir croisés.

Je m'accroche aux sièges à ma portée, sinon c'est bon, je roulerais comme une bille dans un flipper. La Vierge, là-haut, sur le tableau de bord, me regarde en souriant, toujours impassible. Il serait temps de calmer le jeu, ma cocotte. Mes muscles sont en plein travail, mes bras tendus, mes pieds ancrés au sol pour ne pas chavirer. Cris et hurlements des premiers rangs. Une vraie fête foraine. Accroche-toi poulette, pour le prix on a droit en plus à un tour de manège ! Encore ! Encore du manège ! Tourne et retourne ! C'était prévu dans le parcours cette danse dans la montagne ? Valse avec le bus, valse avec le paysage, valse avec le Pérou, valse le routard avec la terre entière, valse dans ta tête. Ces Péruviens sont formidables, pour le même prix vous avez le transport et le tour de manège. J'ai pas eu de siège mais j'ai droit au grand frisson ! Le chauffeur pousse un cri, un seul, repris en chœur par les premiers rangs. Aaaahh… Grand coup de volant. C'est bon, je ferme les yeux. On glisse. On va se scratcher. Virage à droite. Là c'est bon, on va se retourner. Ce coup-ci c'est la bonne. On chavire dans un instant, patience, un quart de seconde, sois pas si pressé ami lecteur. Moi j'ai le temps. Dans un instant ce sera fini. Je me résigne. Le voyage en Amérique du Sud va s'arrêter là. Mourir à vingt ans, si jeune, quelle poisse. Ah ben zut, j'avais encore une dizaine de projets. J'aurais mieux fait de rester avec les compères, à boire des bières derrière la vitre du bar, à lire *Charlie Hebdo*, avec une vie pépère sans questionnement. Qu'est-ce que j'avais besoin d'aller courir la terre ? Je pouvais pas rester tranquille à la maison ? Valse toujours, sur une roue, sur l'autre. Mes parents seront tristes si je reviens les pieds devant. Quelle histoire !

Que diable suis-je venu me perdre dans cette galère ?

C'est bien moi ça, toujours premier pour m'embarquer dans des traquenards ! Ce voyage m'aura tout fait. Si j'en sors vivant je mettrai un cierge à Sainte Rita, la sainte des causes désespérées. La montagne se rapproche. Attention, impact dans deux secondes. Voilà le grand boum… Aaaahhh… Crac, boum, scratch… Explosion ! Crissement de la tôle broyée, riiiiiihhhh…

Ça s'appelle un accident de la route, pour ceux qui en douteraient encore.

Ce broyeur de métal va me transformer en poussière. Dans moins de cinq minutes je saurai si Dieu existe. Je me posais souvent la question mais j'étais pas pressé d'avoir la réponse. Je me disais, dans soixante ou soixante-dix ans, là je serai prêt à enfin savoir. Mais apparemment j'en saurai bientôt autant que les grands philosophes vivants ! Dieu existe-t-il ? La réponse très vite si j'en crois les circonstances.

J'aurais jamais imaginé mourir à vingt ans, sur une route péruvienne, par un jour de grand soleil.

Dans un immense vacarme de ferrailles tordues, broyées par l'impact, les vitres du côté droit éclatent en un fracas d'étoiles qui jaillissent à travers l'habitacle, sont projetées jusque sur le côté gauche, criblent tout et tous les passagers, tir en rafale, fusil mitrailleur de verre et de pierres. Un morceau de ferraille tordu me frôle et se perd entre les deux fauteuils à ma gauche, à la hauteur du visage d'un campagnard miraculé. C'est passé près. N'en jetez plus là-haut, c'est bon, on a notre dose, on a compris la leçon. Des baluchons, mal entreposés en hauteur, sont projetés sur les passagers. Ils roulent et s'empilent dans l'allée, entre les sièges. Un énorme sac d'habits dégringole devant moi, me bloquant le passage au milieu du bus. Magnifique. Dans ce qui reste du véhicule ce ne sont que hurlements et plaintes.

Au moment de l'impact, j'ai eu du mal à me tenir droit. Je me suis affalé lamentablement sur les jambes d'un type assis à ma gauche. Me voilà enfin assis.

Le bus s'est arrêté tout net.

Stupéfaction générale.

Une demi-seconde de silence et reprise des chœurs hystériques : aaahhh, aaahhh et iiihhh…

Je me relève sans attendre, sonné, tremblant de tout mon corps.

Que diable suis-je venu me perdre dans cette galère ?

— Bordel de merde ! Manquait plus qu'un accident. Pas de place assise et un tour de manège gratuit, fallait que ça tombe sur moi ! Qui aurait idée de se tenir debout sur les montagnes russes à la Foire du Trône ?

Panique générale dans l'habitacle ! Branle-bas de combat ! Mes paroles se perdent entre les vociférations des voyageurs abasourdis par l'évènement. Cris. Panique générale. Confusion totale. Le chaos s'est installé. Les valides vocifèrent, cherchent à se lever, quittent leurs sièges. Le bateau coule, tirons-nous de là, vite et sans délai.

Pas de panique, restons calme, mais chacun pour soi quand même !

Belle bousculade et sauve qui peut !

Des vieilles dépeignées s'empoignent et se poussent, jouent des épaules et des coudes, veulent récupérer leurs pauvres baluchons avant de quitter le navire qui coule. Elles gueulent comme des truies à l'abattoir qu'on égorgerait avec un couteau émoussé. Deux ou trois gnons sont échangés, pour couronner le tout, pour la forme. Un problème apparaît et l'humain reprend le dessus, c'est tout de suite les grands mots, les grands gestes malheureux, la grandiloquence et le théâtre. Elles est comme ça la populace, tant que ça va, tant qu'il n'y a pas de couac, elle est gentille, mais au moindre pépin elle sort les couteaux, menace et vitupère. C'est tout de suite le retour des temps sauvages, le Far West, le chacun pour sa pomme, l'hallali et la curée.

Cerise sur le gâteau, un petit chef improvisé en rajoute dans la confusion. Il beugle des ordres énigmatiques, veut ordonner le chaos, s'en prend aux vieilles qui ne l'écoutent pas. Comme si ordonner un quelconque chaos était possible. Personne ne prête attention à lui, pauvre truffe. Il est juste fatiguant. C'est la débandade totale.

Le chauffeur a quitté le bateau par sa fenêtre et il déambule au bord de la route, sonné et hébété, en se tordant les mains, le regard vide.

Que diable suis-je venu me perdre dans cette galère ?

Le spectacle des blessés me laisse bouche bée. Ah oui, quand même. Il y a de la gueule cassée. Le côté droit du véhicule s'est encastré dans le flanc de la montagne. Les vitres sont brisées. Des rochers ont remplacé les fenêtres, c'est pas très beau comme décoration. Pas moyen de s'extraire par ce côté du bus, reste la porte du fond et les fenêtres à gauche. Les passagers assis à droite sont salement amochés, visages et bras criblés de verre. Une vieille, celle qui déclenchait les rires à mon insu par ses moqueries désobligeantes, a la figure recouverte de sang. Finis les quolibets et les sarcasmes, elle a pris cher celle-là ! Immobile, elle n'a plus que les yeux qui tournent dans un sens et dans l'autre. Cette comique a fini de caqueter pour quelques jours. La plaisanterie s'est arrêtée là, ma vieille. Deux ou trois autres ne bougent plus, têtes appuyées sur leurs bras. Une autre matrone, les yeux grands ouverts elle aussi, bouche bée, est figée sur elle-même, prostrée, une statue de sel assise sur son siège. Si elle n'est pas morte elle en a tout l'air. Un type aux petits yeux noirs, avec un bonnet de laine crasseux, se tient le visage de la main droite, du sang passe lentement entre ses doigts écartés, coule sur sa main, dégouline au sol via la manche de sa veste de cuir. Il tente plusieurs fois de se lever, s'accrochant de sa main gauche au siège devant lui, mais à chaque essai il retombe droit sur sa chaise. Et le vieux qui voulait me laisser sa place ne bouge pas. Est-il blessé, sonné, ou tout simplement mort ?

L'avant du bus semble avoir reçu un tombereau de pierres en pleine tronche. Mais comment le chauffeur a-t-il pu s'en sortir ? Les caillasses sont tombées sur les premiers sièges, avec les conséquences évidentes pour les passagers. A l'avant du véhicule, impossible de sortir, la porte est bloquée par un rocher plus gros que les autres. Ce rocher est notre sauveur, c'est lui qui nous arrêtés. Et cette scénographie bien réelle s'est installée en moins de cinq secondes, un véritable acte magique. Je le dis depuis un mois, la cordillère des Andes est le royaume des enchantements et des maléfices.

A première vue, ce bus aura du mal à redémarrer. Cette bande d'escrocs en est quitte pour envoyer la dépanneuse.

Le chauffeur a repris ses esprits. Il était temps. De l'extérieur il donne des ordres pour que les valides dégagent les lieux au plus vite, quitte à abandonner les blessés à leur triste sort, en attendant d'éventuels secours.

Je me faufile par la porte arrière du bus qu'un jeune type a réussi à ouvrir à coups de pied. Dans certaines circonstances il n'y a que cette douce manière de descendre des bus, une grande ruade dans la porte. La débandade et le chaos ont pris place autour du bus qui ressemble à une fourmilière qui aurait reçu un shoot. Les passagers s'échappent par la moindre issue possible. Sauve qui peut général ! Tous sur la route ! Ils se jettent par les fenêtres, se laissent glisser le long de la carrosserie, tombent sur l'asphalte. Faudrait pas en plus se casser les chevilles, jeunes gens, un peu de calme !

J'aide deux femmes et trois gars à descendre de

l'engin. C'est pas des sportifs les paysans péruviens, même s'ils sont aguerris et robustes. Imaginez une mamie de soixante-dix ans, de un mètre soixante de haut maximum, et soixante-dix kilos, en jupons, avec gilet brodé et chapeau folklorique, enjamber une fenêtre de bus cassée, à un mètre cinquante de hauteur, avec des éclats de verre pour se réceptionner au sol ! Je voudrais vous y voir, vous qui souriez là. Oser se jeter de cette hauteur dans les bras d'un jeune Français n'est pas donné à tout le monde, quel beau cadeau de l'existence. Double émotion pour elles dans une journée dont elles se souviendront pour le reste de leur vie.

Après deux ou trois bonnes actions, j'arrête là ma carrière de sauveteur – faut pas exagérer non plus - et, encore sous le choc, je m'éloigne de la zone de l'accident.

J'ai du sang sur moi, sur mes mains, sur mon visage. Nouvelle frayeur. Branle-bas de combat dans ma tête.

Merde, je suis blessé. Je sens rien pourtant... C'est quoi ? C'est où ? Une blessure ? Coupé sur le visage ? Me voilà dans la panade. Avoir échappé aux moustiques de Vilcabamba pour venir m'éclater sur la route de Pisac ! Quelle déveine.

Je ne ressens pourtant aucune douleur. Après palpations diverses et vérifications, plus de peur que de mal, ce n'est que le sang d'un jeune gars que j'ai aidé à descendre et qui a gagné une belle balafre sur la tête pour le prix d'un aller simple Cuzco Pisac.

Je m'en sors sain et sauf.

Mon voyage va pouvoir continuer sur sa lancée. Pas de rapatriement Mondial Assistance en perspective.

Le chauffeur court sur la route et exécute de grands moulinets avec ses bras pour que les voitures s'arrêtent. Elles ne peuvent pas faire autrement, le bus bloque complètement le côté droit de la chaussée et des grappes humaines désorientées obstruent le passage. Deux énormes pick-up se garent derrière le bus. Des gars en descendent et viennent porter secours aux passagers.

La solidarité, ici comme ailleurs, se met en place rapidement.

En parlant avec deux jeunes gars je réalise ce qu'il s'est passé. Des traces d'huile, noires et visqueuses, sûrement échappées d'un camion, recouvrent la route sur une cinquantaine de mètres. Le bus a patiné sur ce miroir, d'où nos premières embardées. Une route transformée en patinoire, voilà qui ne pardonne pas pour un véhicule lancé à quatre-vingt kilomètres heure. L'accident était inévitable. C'est passé pas loin. Des traces de roues frôlent le bord du ravin, profond de deux cents mètres au moins, et repartent de l'autre côté de la route, vers la montagne, où le bus a stoppé sa course folle, dans des rochers tranchants comme les roues du char de Ben-Hur. Le chauffeur a eu le réflexe salvateur pour arrêter la course de cet engin devenu fou, il l'a précipité sur le flanc de la montagne. Bon réflexe. Deux possibilités s'offraient à lui, soit le ravin, soit les rochers. Il n'a pas réfléchi longtemps. Nous avons échappé de peu à la magistrale tragédie. Un mètre de plus, un dixième de seconde de trop et le voyage se terminait là, au revoir et merci, sympa de vous avoir connus, on se reverra dans une autre vie. Nous aurions eu droit au grand plongeon dont personne ne remonte. Un dernier frisson avant le grand départ.

La vie ne tient qu'à un fil, quelques centimètres de route à peine.

Et quand c'est pas le jour, c'est pas le jour. Dieu soit loué !

Un bus qui pratique la roulade sur deux cents mètres de ravin, ça pardonne rarement pour les occupants. Pas de pitié, nous y serions tous restés. Les pompiers nous auraient récupérés à l'entrée de Pisac, en bouillie, viande hachée découpée menue, juste bons pour nourrir un chenil. Et nous serions partis direct à la fosse commune, tous ensemble comme un seul homme, bien mélangés, bien unis dans la mort, impossible de savoir à quel corps appartient telle tête ou tel bras. J'en conclus que notre chauffeur est un expert de la route, pas un de ces amateurs bouffe bitume et bouffi d'orgueil qui mettent la vie des passagers en danger. Le nôtre a réussi à sauver la vie de quarante-quatre personnes assises et d'une quarante-cinquième debout. Cette compagnie de voleurs, marchands de sièges invisibles, peut le garder précieusement, même lui donner une prime.

Un autre bus arrive, les chauffeurs secourent les blessés. A cet instant, la majorité des passagers a réussi à descendre, ne reste plus que quatre personnes sérieusement amochées, dont la vieille prostrée, sûrement morte, et le vieux qui devait me laisser sa place en arrivant à Pisac. Il n'a pas bougé d'un centimètre depuis la rencontre avec la montagne. Il me semble mort, refroidi. Je n'ai plus besoin de son siège.

Sur le bord de la route, allongés par terre, hommes et femmes aux visages recouverts de sang, blessés agonisants, geignants, entourés par les secours, tels des boxeurs anéantis, sonnés, aux arcades fendues et aux lèvres éclatées, tableau sanguinolent d'une bataille perdue.

Au milieu de ce désordre apparent, les secours s'organisent.

Des gaillards remis de leurs émotions organisent une chaîne pour vider le véhicule. Je me place au milieu de la file et pendant dix minutes, les sacs, baluchons et paquets mal ficelés, passent de main en main. Pour aider, après un accident, pas besoin de parler, il n'y a plus ni Péruviens ni étrangers, deux bras valent deux bras. Une cage avec deux poules et des sacs de feuilles de coca transitent via mes mains solidaires vers le bord de la route. Un troisième bus propose d'amener les survivants jusqu'à Pisac. J'espère que des ambulances vont venir récupérer les blessés.

Moi, encore sous le choc, mais ayant récupéré mon précieux sac à dos, j'en profite comme beaucoup pour quitter les lieux.

Conclusion, les arnaques ont quelquefois du bon. Si j'avais été confortablement assis à côté de la fenêtre, au lieu d'être debout au milieu du bus, des éclats de verre m'auraient sûrement abîmé le visage. *Avec des si on pourrait mettre Paris en bouteille*, comme dit le proverbe, et votre serviteur dans une ambulance, ou entre quatre planches. Il n'en reste pas moins que j'y ai échappé de peu. Être blessé dans un accident de circulation, c'est pas bon pour la suite du voyage. Et j'imagine les rires et les sarcasmes, en rentrant au pays, estropié ou juste rapatrié par Mondial Assistance. J'entends d'avance les réflexions des parents : « Que diable est-il allé se perdre dans cette galère ? »

Mon rendez-vous avec la grande faucheuse c'était pas pour aujourd'hui.

Tant pis pour elle, elle attendra encore.

Un après-midi de folie, seconde partie

Le bus qui nous a ramassé, moi et une mauvaise troupe de survivants ahuris, nous abandonne à l'entrée de Pisac, au bord d'une route déserte, près de l'Urubamba. Je décide de terminer le trajet en stop. Ollantaytambo n'est qu'à une heure de route, une soixantaine de kilomètres, pas plus. Deux jeunes Péruviens se posent eux aussi sur le bord de la route, pouce levé. Ces deux-là étaient assis à l'avant du bus, sur le côté gauche. C'est des miraculés. Ils ont eu la peur de leur vie, se sont réveillés en sursaut, ont cru tomber dans le ravin. Nous nous installons à côté de la dernière épicerie du village, modeste magasin où les camionneurs s'arrêtent pour prendre du ravitaillement et des provisions de bouteilles de coca glacé avant de se lancer à l'assaut de la cordillère. Si ça marche, dans moins de deux heures je retrouve Joseph et sa communauté de Danoises.

L'auto-stop au Pérou j'ai déjà tenté, c'est difficile. Me reviennent les images de ma sortie d'Ayacucho au mois de juin, avec mon ami Noël et d'autres routards compagnons d'infortune, essayant de dégoter un véhicule pour Cuzco. Ce fut un bel après-midi de galère puis une nuit entière, entassés à l'arrière d'un pick-up. Beau souvenir. Depuis les évènements se sont enchaînés à grande vitesse, des chemins parcourus avec avidité, de belles rencontres au sein de la faune routarde à Cuzco, Rosa et les routes de Vilcabamba, l'expérience de mes propres limites, un voyage initiatique permanent, une sorte de film auto-produit, auto-réalisé, dont le scénario s'écrit au jour le jour.

Le stop marche encore moins autour de Cuzco. Tout le monde le sait. Le voyageur y trouve tellement de compagnies de bus partant pour toutes les directions et à toute heure, pour un prix plus que modique, véhicules de première classe pour touristes argentés, de seconde classe pour la classe moyenne, ou de troisième classe pour paysans et routards, que les particuliers ne s'arrêtent pas. Les Péruviens possédant une véhicule ne veulent pas s'encombrer de ces étrangers chevelus, sentant sûrement mauvais, crasseux, traînant des sacs énormes et qui, selon eux, sont en majorité des drogués notoires.

Le racisme marche dans tous les sens, les clichés aussi, la bêtise inévitable est universelle.

Une heure déjà que je suis planté là, bras tendu, pouce retourné, à attendre un quelconque sauveur. Les deux Péruviens, debout un peu plus loin, n'en mènent pas large non plus. Je pense que je suis parti pour attendre des heures et des heures.

Un pick-up s'arrête enfin, me voilà sauvé. Le chauffeur, un jeune type pas plus vieux que nous, aux cheveux courts et cigarette au coin des lèvres, nous propose de nous amener gratuitement à Ollantaytambo. Formidable !

Je suis assis à l'arrière du véhicule, dans la benne, juste derrière le conducteur, appuyé sur mon sac à dos, contre la cabine. Les deux jeunes Péruviens sont à ma gauche. Dés que le véhicule s'élance dans la vallée de l'Urubamba ils ouvrent un sac et en extraient tranquillement une poche en plastique transparente remplie d'au moins quatre cents grammes d'herbe et de papier à cigarette. Voilà des types prévoyants. Ils ont une bonne provision pour le voyage. Ils roulent un cône et me proposent de l'allumer. Ils m'ont repéré comme baba cool, le parfait *freak* en voyage, avec mes cheveux longs et mon sac à dos, l'allumeur de joints en route vers nulle part. Avec mon style et mon allure « *peace and love sur la route bro'* », les connaisseurs me remarquent vite. Y'a pas de mal. Beaucoup de look mais rien sur moi, je suis blanc comme neige, rien à me reprocher, je peux passer partout, sans aucune embrouille, et traverser les frontières les doigts dans le nez. Repéré comme un adepte de la fumette. Quelle perspicacité ! J'ai affaire à deux malins, incontestablement. Cette cigarette offerte si gentiment est une bonne initiative pour se remettre de nos émotions après cet accident de bus. Elle me relaxera un peu, je suis tendu, ne sachant même pas où je vais vraiment.

Peace and love brothers, merci et on the road again.

Je tire une première longue bouffée qui descend d'une traite dans mes bronches et mes poumons, envahit mon cerveau en trois secondes, me casse les jambes d'un coup. Effet de l'altitude ou bon taux de THC, je n'en sais rien, mais je vous assure que c'est de la bonne, bien forte, pas un produit pour amateur ou pour novice de la fumette. Trop stressé suite à l'accident, je viens de trouver là le meilleur médicament possible, de la péruvienne apaisante. Nous nous passons la cigarette et tirons dessus à tour de rôle.

Là je vais être défoncé de premier plan. Il nous faudrait une cassette avec Bob Marley. Peace and love brothers, on the road again ! C'est pas un maudit accident de bus qui va arrêter ma route.

A la troisième bouffée j'arbore un sourire béat, contemplant le paysage naïvement, totalement nigaud. Les deux jeunes Péruviens échangent en quechua, en tirant sur le joint chacun son tour. Ils ont entamé un dialogue sûrement passionnant auquel je ne comprends toujours rien, mais ces mots dans cette langue ancienne, ces sonorités ancestrales qui me fascinent, m'amenant des images de guerriers incas, de prêtres et de vestales, sont, une fois encore, la bande-son idéale pour ce trajet dans la sierra péruvienne. Les entendre parler quechua et me revoilà en route pour Vilcabamba ! Mon regard embué s'égare dans les montagnes péruviennes, je cherche le condor, le feu sacré des cérémonies et l'éclat des lances des guerriers incas.

Faudra penser à saluer le grand prêtre, la tarentule géante, et dire au revoir au chauffeur du pick-up en arrivant au village. Oui, dire au revoir, remercier pour le voyage. On the road again, brothers.

J'ai lâché prise, oublié le bus et l'accident. Je nage dans un autre univers, sous l'influence d'une herbe péruvienne à haut pouvoir psychothérapique.

Mes jambes sont flagadas, de vrais chiffons, elles ne me porteront pas sur dix mètres. Mes cheveux poussent à vue d'œil, mes bras flottent le long de mon corps, je ne sais pas où mettre mes mains, mes lèvres sont sèches, j'ai soif, une faim soudaine. Je dévorerais un cochon d'inde avec ses trois kilos de patates. Je pourrais même m'envoler, pour arriver plus vite. Des essaims de fleurs poussent dans ma tête. Le saxo de Coltrane résonne entre mes oreilles. Je me transcende vers l'au-delà.

Qui suis-je ?

D'où je viens ? Où je vais ?

Je voudrais savoir qui s'agite vraiment sous mon uniforme de routard. Le clone version gentil de ceux que j'ai croisés sur la route ? Ne me soutenez pas, mes amis lecteurs, que je fais partie intégrante de cette famille. Famille je vous hais ! Je ne suis pas un numéro. Je suis moi-même, même si « moi-même » ne sait pas qui il est. Ulysse en route vers Troie, ou Ulysse sur le chemin du retour ? Le cyclope m'attend peut-être au dernier virage avant ma destination. Les ruines d'Ollantaytambo je les connais, je vous assure, les gars, croyez-moi, j'y demeurais il y a cinq cents ans. Ulysse, à la recherche de sa Calypso péruvienne ? Quel embarras.

Conclusion, je crois que je suis complètement *stone*. J'ai trop fumé de cette banane magique.

Un jour, plus tard, bien plus tard, ailleurs, je me devrai d'écrire cette histoire, un accident de bus, et deux heures plus tard, sous le ciel bleu immaculé, fumant un joint avec de parfaits inconnus à l'arrière d'une camionnette qui traverse à toute berzingue la vallée sacrée des Incas. Oui, il me faudra penser à poser cette histoire sur papier.

Absolument heureux, comme le ravi de la crèche, je vole sur un tapis roulant qui m'emmène à travers la cordillère.

Assis dans le sens contraire de la marche, je découvre la route au fur et à mesure qu'elle s'éloigne, le paysage se découvre à ma gauche et à ma droite puis se perd à l'horizon, dans le point de fuite de cette perspective en perpétuelle construction-déconstruction mentale. Notre chauffeur roule à bonne allure. Nous dépassons des bus remplis de touristes que nous saluons de la main en riant comme des bossus, sans savoir pourquoi nous rions. Nous laissons loin derrière nous des camions chargés de marchandises et qui rament, roulant à trente à l'heure dans les côtes.

Le pick-up traverse l'altiplano le long de la vallée de l'Urubamba que nous apercevons de temps en temps. Il fonce comme une flèche vers Ollantaytambo.

Les deux comparses me regardent et parlent doucement.

Mais qu'est-ce qu'ils peuvent manigancer ceux-là ? Envie de me dévaliser ? J'ai l'impression qu'ils préparent un sale coup. Devrai-je sauter en marche pour échapper à ces deux loustics ? Jouer les cascadeurs pour sauver ma peau ? Cette après-midi de folie ne finira donc jamais ? Mais non, je me fais des peurs inutiles, voilà tout. C'est des gars sympas, ils ont de bonnes têtes, faut que j'arrête de m'inventer des films. C'est cette satanée herbe, elle est trop forte, j'aurais pas dû en fumer. Herbe trop forte et je deviens parano. C'est chaque fois pareil, si c'est la claque je découvre des mafieux partout, des braqueurs à chaque coin de rue. Quelle journée de folie. C'est encore loin Ollantaytambo ?

Comme je les dévisage un peu trop, celui qui est le plus près de moi lance l'interrogatoire habituel.

— Et tu vas au Machu Picchu, *amigo* ?

Il n'attend pas ma réponse et ouvre un sac de sport qu'il a posé devant lui. Il fouille là-dedans en souriant. Il en extrait deux journaux froissés, un tee-shirt maculé de sang, un poignard à double tranchant, une bouteille de whisky sérieusement entamée, un pistolet avec un chargeur et sa boite de balles, et enfin une poche en papier.

— On a ce que tu cherches, me dit-il me mettant sous le nez des sachets en plastique remplis d'herbe.

Quelle journée de folie. C'est encore loin Ollantaytambo ?

J'ai trouvé les bons lascars, armés, chargés de dope et pince-sans-rire. Les dealers du coin, en vadrouille, représentants de commerce de la meilleure espèce, peut-être tueurs à gage ou braqueurs de grand chemin. Voyage d'affaire, m'ont-ils raconté quand nous tapions le stop à la sortie de Pisac. Tu parles ! Je sais de quels négoces il s'agit, c'est pas au vieux singe que l'on apprend à grimacer.

— On a aussi de la coke., rajoute-t-il me montrant l'autre sac, comme si les sachets d'herbe, le whisky et le flingue ne suffisaient pas dans le scénario.

Quelle journée de folie. C'est encore loin Ollantaytambo ?

Je souris jaune de voir ce fatras posé là, devant moi. Au moins deux kilos d'herbe, dans plusieurs poches en plastique bien fermées, de la coke, un flingue, la totale. C'est beaucoup d'un coup pour un routard qui part rejoindre des copains dans un village à deux heures de Cuzco. Après un accident de bus où j'ai failli y rester, je trace la route avec des transporteurs de produits sulfureux traînant les reliques de la Sainte Mort dans leurs bagages maudits. Quelle chance. Qui aurait pu le croire voyant ces deux types bien mis, propres sur eux, aux cheveux courts et à lunettes noires, qui me font plus penser à des gamins de bonne famille revenant au village, qu'à des dealers en déplacement. Éviter les contrôles policiers assez fréquents dans ces parages est ma seule préoccupation. Nous serions bons pour la pièce grillagée pendant quelques années. Pas envie de m'y éterniser, les geôles latino-américaines ne sont pas le but de mon voyage.

Moi, de toute façon, je les connais pas ces types. Pourquoi se sont-ils collés à moi ? Ils pouvaient pas attendre la voiture suivante ? Dans l'état où je me trouve, les yeux éclatés, la bouche pâteuse, si police il y a, je parlerai français, « yo no hablar espagnol, yo pobre turista pobre... ».

Quelle journée de folie. C'est encore loin Ollantaytambo ?

— Pour mieux sentir le Machu Picchu, amigo... De l'herbe, de la bonne... Et là c'est parfait, amigo, le grand voyage dans le temps, avoue l'autre en s'esclaffant de rire.

— Visiter les ruines après avoir fumé un petit joint, le top.

Je décide de succomber à la tentation. Pourquoi pas ? J'ai échappé à la Faucheuse, je peux me payer du plaisir, non ? Je n'ai qu'une vie, autant la vivre à fond. Et puis cette herbe est trop forte, les Péruviens font pousser du pur miracle sur pied, une merveille, j'en suis persuadé. Avec l'effet qu'elle me procure, pas de doute à avoir. A partir de maintenant, après avoir frôlé le précipice, donc frôler la mort, ce n'est plus que du rab dans le voyage. D'ailleurs, grande interrogation : est-ce que mes jambes vont nous soutenir en arrivant au village, moi et mon sac à dos. Tiendrai-je droit en sautant de ce pick-up ou vais-je m'écrouler lamentablement, comme un guignol en chiffon ?

Quelle journée de folie. C'est encore loin Ollantaytambo ?

Pour trente soles je leur prends deux sachets d'herbe, de quoi rouler pas mal de cigarettes à rêves. Et puis débarquer avec un présent fait toujours plaisir aux amis, comme dans les repas en ville quand on ouvre la porte avec une bonne bouteille de *Oh-non-fallait-pas.*

Plus de deux sachets ce serait du vice, faut pas abuser, soyons sérieux. Je ne vis pas non plus pour la fumette. Pas de point commun entre moi et ces routards croisés sur la route, adeptes de substances psychédéliques, qui vivent comme des reptiles, végètent sans autre but que se rendre malades. C'est pas le style de la maison. J'ai aussi un sac rempli de bouquins qui pèsent une tonne, voilà une autre différence entre moi et ces lézards. Un long et lent dérèglement des sens, oui, mais avec délicatesse et parcimonie.

Dans trois jours je serai, je l'espère, au Machu Picchu, pas besoin de trop me charger de substances euphorisantes.

— Et le revolver, c'est pourquoi ? leur demandé-je en souriant, pour le commerce aussi ? Je me repens déjà d'avoir posé la question. Ma sale habitude de parler trop vite. Je m'étais pourtant promis de fermer mon bec, mais non, c'est plus fort que moi. De quoi je m'occupe ? Je suis pas de la police.

— On peut en avoir besoin dans le commerce, me répond celui qui était assis de l'autre côté du pick-up, et puis avec les mauvaises rencontres possibles au bord des routes, une arme peut servir, on ne sait jamais, le pays n'est pas sûr.

Le pays n'est pas sûr ! Celui-là il cause peu, mais quel rigolo. Il devrait parler plus souvent, c'est un vrai comique. Quelle journée de folie. C'est encore loin Ollantaytambo ?

Je n'en saurai pas plus. D'ailleurs il vaut mieux ne pas trop poser de questions.

Le crépuscule avancé, nous arrivons à Ollantaytambo. Le pick-up nous abandonne sur la place centrale en plein travaux. Elle est entourée de maisons basses, aux murs chaulés. A ma grande surprise mes jambes arrivent à me soutenir et mon sac ne pèse pas trop lourd. Trois Péruviennes attendent un bus pour Cuzco devant une épicerie. Leurs mines réjouies sous leurs chapeaux melons déclenchent en moi une irrésistible envie de rire. Je les imagine mal descendant d'un bus par les fenêtres.

Un rien m'amuse, à coup sûr ce sont les effets de cette herbe magique.

— Au revoir, amigo, on se reverra par-là, par-ici ou par-là. On va rester deux jours dans le secteur. Si tu as besoin de psycho-médicament tu sauras nous trouver, tu penses fort à nous, Pedro et Miguel, et on apparaît.

S'éloignant dans la direction opposée à la mienne, les deux larrons disparaissent rapidement au coin de la place, après m'avoir donné de fortes accolades, dévorés par la nuit qui avale êtres vivants et paysages andins, routes poussiéreuses et village silencieux. Plus aucune trace d'eux, plus rien. Ont-ils simplement existé ou était-ce un mirage, une création de mon esprit ? J'étais peut-être seul dans ce pick-up, assis devant, à côté du chauffeur, et je me suis imaginé un film dans ma tête. J'ai peut-être tout inventé, rêvé cette rencontre, joué à me donner des sueurs froides. Je ne sais plus vraiment. Réalité ? Fiction ? Mirage ? Délire lié au choc de l'accident de bus ou à l'altitude ? Monde parallèle ? Parfois l'esprit dérangé s'invente des fantômes, vit des situations de déjà-vu, se construit des univers démentiels et finit par les prendre pour des réalités, échafaude des royaumes de magie et de pouvoirs, peuplés de chamanes et de sorciers, de princesses et de danseurs, alors qu'il n'a fait que du sur-place, qu'il n'a fermé les yeux qu'un dixième de seconde, qu'il est sagement assis à une terrasse de café ou sur un banc, s'imaginant des existences extraordinaires.

J'ai de sérieux doutes sur mon état mental.

Ce dont je suis sûr, par contre, c'est qu'il m'a fallu six heures pour un parcours qui normalement prend à peine plus de deux heures.

J'espère que ce voyage jusqu'à Ollantaytambo en valait la peine.

Un balcon sur l'Urubamba

La nuit a recouvert Ollantaytambo et sa forteresse inca d'un drap d'étoiles, quand, dans la pénombre la plus totale, à tâtons, je pars à la recherche de la maison. Je longe une rivière que j'entends plus que je ne la distingue, cachée par des arbres. Je longe une enfilade de murs centenaires et de masures en torchis. J'arrive aux dernières maisons, à la sortie du village. Le plan que Joseph m'a dessiné sur une serviette en papier est impeccable, impossible de me perdre. La maison est facilement trouvable, la seule avec un balcon, face à la vallée. Malgré la nuit, je la repère de loin, au bout du chemin, à droite, la seule avec un étage se détachant en noir sur la nuit étoilée.

La porte de la ferme est entrouverte et le feu de bois, dans la cuisine donnant sur la cours, est la seule source de lumière dans l'obscurité. Joseph et les trois filles sont là, dans cette minuscule pièce ouverte sur le jardin. Avec les lueurs du feu sur leurs visages, c'est un tableau de Georges de la Tour que j'ai face à moi. Je les observe un moment depuis le chemin, et, après avoir regardé les astres qui se réveillent dans le ciel, après que le vent frais de l'altiplano ait emmêlé mes cheveux, j'avance vers cette lumière salvatrice. Franchir cette porte est symboliquement un passage. Je ne le sais pas encore, mais je tourne une page. Je laisse derrière moi le marigot névrosé des villes et des touristes. Je pénètre dans une autre dimension et change de vie.

Sortant de la nuit j'entre dans la lumière.

Joseph, assis près de la porte, me remarque le premier.

— Entre l'ami, pose ton sac, assis-toi.

J'entre dans la minuscule cuisine, saluant timidement l'assistance et me cale dans un angle du mur. A l'intérieur cette chaleur me réconforte. Le feu illumine le haut de la pièce et un rectangle de terre battue juste devant la porte.

Je suis maintenant moi aussi dans le tableau, inclus à jamais dans le décor, visage face à la lumière.

— Du thé ? Du thé de feuilles de coca ?

Sans attendre ma réponse, il me tend un verre de ce breuvage, une infusion de feuilles de coca, typique des Andes. J'ai vu des Péruviens en consommer dans le train entre Lima et Huancayo. Cette boisson sans toxicité ressemble au maté argentin. Elle est excellente contre le mal des montagnes, la fatigue, la soif et la faim. J'aurais dû en boire sur la route de Vilcabamba, ça a manqué, Carlos n'y avait pas pensé.

— J'en ai besoin de ce thé.. après mes aventures pour arriver ici…

Joseph me regarde en souriant. Il en attend plus. En buvant cette douce tisane qui me réchauffe le corps, je lui narre alors mon odyssée du jour. Je ne lui épargne aucun détail, ni l'arnaque avec la compagnie de bus, ni le voyage assis par terre entre les sièges, ni l'accident avec les gens qui hurlent, les visages en sang, ni la peur de ma vie, ni le stop et les deux dealers avec leurs flingues et leur sac de dope. Je lui raconte le moindre détail, en style petit découpage. J'ai besoin d'expulser ces évènements de mon esprit. Trop lourds à porter, mon corps et ma tête ont un besoin vital de les partager.

Les trois filles se sont serrées sur le banc. Elles m'ont fait une place à côté du foyer de terre où brûlent deux morceaux de bois. Ce ne sont pas des bavardes. Je me sens tout de suite en harmonie avec ces nouveaux amis, calmé et rassuré, dans un lieu de paix.

Serait-ce les gens que je cherchais sans le savoir ? Une impression d'être arrivé à bonne escale. C'est vite vu, je passerai plusieurs jours ici, ce sera une pause dans un havre de paix, loin du tumulte du monde.

— Je te présente Edda et Hanna, tu connais déjà Ulla.

J'ai déjà rencontré Ulla à Cuzco, avec Joseph. Ses deux amies Edda et Hanna sont sympathiques. Elles me parlent peu mais me font de jolis sourires. J'ai l'impression d'être revenu à la maison après un long voyage et d'avoir retrouvé ma famille. Mais Ulysse ne doit pas se tromper, ce ne sera qu' une étape, avant de rejoindre Ithaque.

La chanson de Léonard Cohen, *Systers of Mercy*, tourne en boucle dans ma tête :

Oh the sisters of mercy...

they are not departed or gone...

they were waiting for me...

— Tout à l'heure je te montrerai où dormir. Nous avons une grande pièce là-haut.

Cette location ne comporte que deux pièces. C'est rudimentaire, le minimum largement suffisant pour des routards habitués à dormir n'importe où, à vivre proche de la nature, sans beaucoup de besoins matériels.

La pièce du bas, à peine six mètres carrés en pisé et en pierres, avec un toit en chaume, à l'angle d'une minuscule cour de ferme, tient lieu de cuisine. Une porte en bois mal dégrossie et qui ne ferme pas à clé est la seule ouverture. Pour nous asseoir nous avons là trois planches rudimentaires posées sur des pierres branlantes. Une caisse en bois, retournée et posée à même le sol, sert de table. Impossible de trouver plus simple. Une fois assis là-dedans, les uns contre les autres, il ne reste plus beaucoup de place pour circuler.

Cette cuisine est équipée d'un petit foyer en terre cuite, minuscule, qui fonctionne au bois. Son usage est des plus sommaires. D'abord, nous nous mettons à genoux et essayons d'allumer le feu. Là commencent les problèmes. Ah la galère ! Défi jamais simple. Le bois trop humide fume beaucoup, et le trou dans la toiture ne tire pas. La fumasse, âcre et épaisse, envahit vite la pièce, pique les yeux, nous arrache des larmes, provoque de belles quintes de toux. Du coup, allumer le feu est une vraie prouesse. Le bois est trop humide et le feu a une fâcheuse tendance à s'étouffer. C'est gracieux. Un vrai plaisir. Celui qui s'y colle a toutes les chances de sortir de cet antre parfaitement emboucané, tel du jambon fumé. Trop souvent nous nous replions à l'extérieur, sortons en trombe, la pièce étant envahie par la fumée. Et une pièce de douze mètres cubes est vite remplie de fumée. Les deux gamelles en terre cuite posées directement sur les flammes servent pour infuser le thé de coca ou pour cuire les aliments. La cuisine est un recoin tout simple où le minimum vital est assuré, rempli de paix et bonheur. Expérience bienfaitrice de la frugalité. Que vouloir de plus ? Le lieu est basique, brut, imparfait, mais pour nous c'est magnifique car c'est *notre* cuisine, *notre* chez-nous, et personne ne pourra nous en déloger de force.

La « *chambre* », qui occupe le premier étage de la maison adjacente, n'est qu'une grande pièce au plancher mal fixé et recouvert de paille, avec les sacs de couchage posés dessus. Là aussi, difficile de trouver plus rustique. Nous y pénétrons par un balcon couvert, espace branlant et dangereux, sans rambarde, construit de madriers mal arrimés, mais assez solide pour supporter plusieurs personnes. Pour accéder au balcon, depuis le patio de la ferme, nous empruntons une échelle, aux barreaux mal attachés. Ce balcon couvert de planches et de tuiles, surplombe le chemin, avec vue sur une vallée d'eucalyptus délimitant des champs de pommes de terre. Le soir, nous nous y tenons assis les uns contre les autres, le dos contre le mur, respirant la nuit, observant le ciel et les étoiles, écoutant la paisible rivière couler presque sous nos pieds, et la journée nous y contemplons le paysage, y méditons, y lisons ou y écrivons des poèmes.

Notre balcon est mon endroit préféré pour me reposer de ne pas travailler ou pour jouer de la quéna, recoin idéal pour moi, baba à cheveux longs qui parcourt les Andes avec des livres, des cahiers de notes et en soufflant dans une flûte péruvienne.

Je me trouve tout de suite à l'aise avec les trois Danoises. Un bon feeling passe entre nous. Ulla et Edda voyagent ensemble. Elles ont rencontré Joseph et Hanna dans l'unique hôtel d'Ollantaytambo. Ulla est une fille cool, elle joue de la guitare et écrit fréquemment sur un carnet de voyage. Elle est souvent assise sur le balcon, ou dans la cour, pensive, son carnet sur ses genoux, regardant autour d'elle, observant la nature. Comme moi elle s'ose à un journal de voyage, avec détails des lieux et des gens rencontrés, sentiments et réflexions philosophiques. Décrire nos aventures, poser sur papier des impressions de voyage permet de prendre du recul, et puis, qui sait, ça pourrait servir un jour. Nous sommes des voyageurs à âmes de philosophe. Edda est plus réservée et Hanna ne parle pas beaucoup. Elle passe son temps avec Joseph qui la dévore des yeux de l'amour. Ces deux-là vont bien ensemble, un Basque et une Danoise !

Avons-nous besoin de politiciens pour inventer l'Europe ? Absolument pas. Nous nous en chargeons sans eux. Notre communication n'est pas verbale ou si peu. La plupart du temps pas besoin de parler, le regard suffit.

Les filles parlent danois entre elles, Joseph et moi nous échangeons en espagnol, et pour le reste nous mélangeons avec de l'anglais. Notre langage est donc issue direct de la tour de Babel, un mélange de danois, espagnol, français, anglais. Serions-nous en train d'inventer un nouvel idiome ? En quelque sorte oui. Du *franpagnol* métissé d'anglais et d'expressions des années soixante-dix : c'est in, c'est out, c'est le pied, *turn on tune in drop out*, et merci Timothy Leary.

Enfants des années soixante-dix, nous sommes de la même génération, sur la même longueur d'ondes, de même culture, écoutant Bob Dylan et Pink Floyd, Hendrix ou Donovan. Nous voyageons à travers la planète avec nos sacs à dos, cherchant juste à être heureux et en paix avec l'univers et avec nos semblables.

Ulla, Edda, Hanna, Joseph et moi nous ne pouvons que nous entendre. Nous avons des racines culturelles communes, nous sommes les purs produits de notre époque, et si d'autres cherchent leur voies, en pleine perplexité punk, post-punk, new-age, nous, nous avons trouvé le chemin de notre paix intérieure.

Pour mon premier soir à Ollantaytambo nous terminons la soirée assis sur le balcon en fumant de cette herbe péruvienne que j'ai achetée sur la route, à Pedro et Miguel. Personne ne parle, pas besoin.

Ce lieu est une vraie oasis de paix cachée au fin fond d'un monde tumultueux et la voie lactée de cette fin juillet est le ciel le plus fantastique jamais imaginé pour abriter nos rêves.

Le premier matin, la vue depuis le balcon me sidère. Premier jour d'un monde nouveau qui s'impose comme une évidence. Je ne ressens plus aucune urgence à aller à Machu Picchu. L'essentiel est là, j'ai atteint la bonne escale. Machu Picchu attendra. La Bolivie attendra. Le monde attendra. Pourquoi chercher plus loin ce que j'ai sous les yeux ? Est-il besoin de naviguer encore quand on a accosté ? Est-il nécessaire de chercher la perle rare quand elle est dans notre main ?

Ma décision est prise, je vais rester ici.

Pour finir de m'en convaincre je décide d'aller visiter Ollantaytambo, village rural de trois ou quatre cents personnes, avec une place centrale en pleins travaux. Des ouvriers s'affairent. Ils installent le premier réseau électrique. Des ruines incas, impressionnantes et visibles de partout, surplombent la ville, accrochée au flanc de la montagne, forteresse avec des terrasses construites d'immenses assemblages de pierres taillées, zone de culte, maisons en ruine. Ollantaytambo, l'auberge d'Ollantay en langue quechua, du nom d'un valeureux guerrier ayant lutté contre les Espagnols.

Ollantaytambo est un village péruvien de la cordillère des Andes, à deux heures de Cuzco. Les habitants vivent de l'agriculture et d'élevage, mais pas du tourisme. La localité est tranquille et calme, peu de voitures, trois bus sur la place centrale, deux épiceries rudimentaires, deux petites pensions de famille et même pas un café pour s'asseoir. Le train entre Cuzco et le Machu Picchu s'arrête à la gare, plusieurs fois par jour, à l'écart du village. Il amène son lot de touristes qui ne s'approchent pas de chez nous. La plupart de ces criquets viennent visiter les ruines, furtivement. Ils repartent aussitôt, sans se risquer dans le village. La voie ferrée longe le majestueux Urubamba, parcourt la vallée sacrée des Incas. Mon ami Urubamba, toujours lui, que je côtoie depuis des semaines, idéal compagnon de voyage.

Ollantaytambo a gardé son plan d'origine, ville inca aux rues qui se coupent à angles droits, maisons plusieurs fois centenaires qui ont toutes leurs soubassements de pierres taillées. Les toits de chaume de l'époque inca ont été remplacés par des toits de tuiles rouges. L'ami Carlos m'a expliqué que Ollantaytambo est la ville inca la mieux conservée du Pérou, architecture pré-colombienne et population ayant préservé ses rites et traditions. Je me colle, ému, dos appuyé aux soubassements des maisons, sur ces murs de pierres taillées pesant des tonnes. J'imagine que des Incas, cinq cents ans auparavant, l'ont fait aussi. Je ferme les yeux et les entends, devisant sur le ciel et les dieux.

Un réseau d'eau circule à travers les rues dans des canalisations à ciel ouvert. Cette eau fraîche et limpide, descendant directement de la montagne, ou jaillissant de sources autour du village, court aussi devant la porte de notre maison. Nous l'enjambons quand nous sortons de chez nous. L'expression eau courante n'a jamais été aussi appropriée. Elle détale entre les pierres centenaires, dévale vers l'Urubamba, en milliers de bulles et de remous, belle eau fraîche et limpide que nous puisons pour cuisiner ou pour nous laver.

En deux heures de promenade dans le village je repère à peine une dizaine de touristes. Je suis rassuré.

Touristes pénibles, ici pas de boutique pour vous, pas de restaurants, pas de bar à la musique gueularde. Rien qui ne puisse vous attirer. Passez votre chemin ! Laissez-nous en paix !

Je suis arrivé en un lieu magique, calme, propice à la méditation, où le temps semble s'être arrêté, où vivent de belles personnes. Perdus au fin fond d'un continent où traînent la violence, la faim et la misère, nous sommes un point de paix, en symbiose avec la nature, en harmonie complète avec le milieu environnant.

Ollantaytambo. Nous y vivons le rêve *peace and love* de notre génération, du moins d'une partie de notre génération. Sans illusion non plus car depuis deux ou trois ans les néo-hippies sont supplantés par les punks à crête, nettement moins sympathiques. Mais aucune crainte de croiser un de ces énervés sur les routes avec un sac à dos, ils sont coincés entre les bars et les squats, à écouter de la punk musique, Sex Pistols ou les Clash. Un style qui n'est pas le nôtre. Nous, nous sommes plus paix et calme, paix et amour, paix et communion avec la nature, de doux rêveurs qui planent un peu trop. Ici nous formons une petite communauté, sans ennemi aucun et sans mauvaises vibrations, loin de toute violence et de toute haine. Trop jeunes pour être vraiment des hippies, mais de vrais néo-hippies, des *freaks brothers and freaks sisters*. Les années « power flower », San Francisco et Woodstock c'était il y a à peine dix ans, juste avant-hier. L'esprit de ces années-là n'a pas disparu, il en reste suffisamment pour nous, la génération suivante.

Content de peu n'a rien à craindre aurait dit Lao-Tseu. Nous pouvons le certifier, nous avons peu et nous sommes largement satisfaits de nos vies. Nous nous contentons de ce que nous avons pour trouver le bonheur, et le bonheur se résume à un toit sur la tête, de bons amis, de bons voisins, des paysages extraordinaires autour de nous, une vie frugale et contemplative, de l'herbe pour chanter avec les étoiles, une rivière pour nous baigner et pour pêcher, et nos cœurs ouverts vers l'univers. Pourquoi vouloir plus ? Pléthore d'objets n'apporte pas le bonheur, et mon sac est plein à ras bord de livres et chemises que je ne porte jamais. Faudrait que je m'allège.

Ollantaytambo. La vie passe lentement et nous avons peu d'occupations, lire, parler de nos projets de voyage, louer des chevaux deux dollars par jour pour se promener dans la montagne, aller à la pêche dans l'Urubamba, visiter les ruines à la tombée de la nuit quand les touristes sont repartis pour Cuzco, arpenter longuement le village comme des explorateurs, aller boire des verres de punch que des Péruviennes préparent le soir sur la place, écrire dans nos carnets de voyage.

Ollantaytambo. La nuit, assis sur notre balcon, centre névralgique de notre existence, nous improvisons du grand n'importe quoi avec des guitares mal accordées ou des flûtes péruviennes, sous les étoiles, en fumant de l'herbe, dans ce vert paradis de paix. Comme des animaux, comme nos ancêtres dans leurs tanières, nous nous collons les uns aux autres pour supporter le vent froid qui rapproche les corps et les esprits.

Ollantaytambo. Si nous sommes arrivés jusqu'ici, par des chemins différents, comme à un rendez-vous calé depuis des années, ce n'est pas pour rien. Nous nous devions d'être là. Ce n'est pas le hasard. Les chemins ne se croisent pas par hasard. Vous n'entrez pas dans la vie de quelqu'un sans raison. Chaque rencontre a sa raison d'être.

Dans ce village magique, les mêmes ondes positives que dans la cordillère de Vilcabamba courent sur ma peau, dansent autour de moi. Je n'en parle pas à mes compagnons, gardant ce vécu pour moi seul. C'est mon jardin secret, je ne partage ces sensations avec personne. Dès mon premier jour ici j'ai senti que les énergies de cette maison jouent avec nous et nos esprits. Elles nous enveloppent d'ondes positives. Dorénavant, il ne pourra rien nous arriver de mal ni de mauvais. La bénédiction des grands prêtres invisibles et des shamans d'Ollantaytambo a eu lieu, nous sommes protégés par les esprits pour le reste de nos vies.

Ollantaytambo. Pendant les trois semaines que je passe ici plusieurs routards de passage posent leurs sacs sur le balcon pour quelques heures ou pour une nuit. Ils sont trop pressés pour rentrer dans l'esprit de la maison et repartent comme ils sont venus. Un Canadien puis un Danois viennent nous rendre visite, mais ils ne s'attardent pas chez nous et reprennent vite le train pour Machu Picchu ou pour Cuzco. Ce balcon sur l'Urubamba est un lieu où il faut laisser le temps au temps, se poser, respirer lentement, avoir l'esprit contemplatif, ne pas être dans la perpétuelle agitation du mouvement, dans l'excitation inévitable du voyage.

Ici on ne bourlingue pas, on se pose et on respire.

Daniel, un Basque de Vitoria, nous rejoint pour quatre jours. Il traîne depuis trois mois en Amérique du Sud, entre la Bolivie et le Pérou. Joseph l'a rencontré à Cuzco et l'a invité à se joindre à nous. Il parle français et nous nous lions tout de suite d'amitié. Deux fois par jour il me tarabuste pour que je prépare un repas français mais nous ne sommes pas équipés pour nous lancer dans la préparation de plats trop raffinés. En Espagne, Daniel a longtemps travaillé dans le vin, dans la région de la Rioja. A chaque repas il rêve d'ouvrir une bonne bouteille mais nous nous contentons de bières rafraîchies dans l'eau qui circule devant la maison, ou d'une bouteille de Pisco dégotée par hasard dans une épicerie du village. Ce pisco est aussi mauvais tord-boyaux et arrache-gueule que celui du jour de mon arrivée au Pérou, celui qui m'a valu de passer une nuit au poste.

Nous cuisinons ensemble, dans notre petite cuisine, en bas, face au jardin. Cuisiner c'est beaucoup dire. Ne nous vantons pas, nous faisons en sorte que notre tambouille ait du goût. Et j'avoue qu'avec notre manque flagrant d'équipement, nous nous en sortons pas mal. Pour cuisiner, un minimum d'équipement est nécessaire et nous n'avons que deux gamelles en alu, une poêle, six assiettes et couverts, le strict minimum. Nous nous préparons de quoi nous sustenter frugalement, riz à la tomate mélangé à du thon en boite, pommes de terre bouillies, de celles qui poussent à plus de deux mille mètres d'altitude, du pain, un peu de fromage, des fruits et jamais de viande. Nous supportons à merveille cette vie simple et sobre, tels des moines en retraite méditative.

En vérité, oui, nous sommes des moines et si nous continuons sur cette lancée nous atteindrons la sainteté, nous nous transcenderons en êtres de lumière. Nous sommes des moines peace and love qui adorons aller à la pêche tous les deux jours et rêvons de sortir des truites de l'Urubamba. Un grand défi. Une patience de moine, pour peu de résultat. Ulla saute de pierre en rocher, se retrouve loin de la rive, entourée d'eau. Elle pêche en tenant le fil directement avec sa main. C'est, soit-disant, la version nordique, pas de canne à pêche mais le bras tendu qui lance et ramène le fil. Je remarque que les poissons de l'Urubamba ne se laissent jamais prendre à ce jeu. Ils en ont vu d'autres et sont plus malins que nous. La communion avec la nature a ses limites, et elles sont vite atteintes. Par conséquent, tout en nous moquant de nous-mêmes, nous avons pris l'habitude, sur le chemin du retour, de nous arrêter à l'un des magasins pour nous procurer des boites de sardines ou de thon. Nous ne sommes pas encore prêts pour vivre sans être tributaires de l'épicerie du village. Se passer de la société de consommation et de ses boites de conserves, c'est pas pour demain. D'ailleurs partir à la pêche implique toujours de prendre un sac, pas pour ramener les poissons, tant mieux pour eux, mais pour les inévitables achats de nourriture, tant pis pour nous.

Edda et Ulla profitent toujours de notre après-midi de pêche pour se baigner dans la rivière et se laver les cheveux dans cette eau glacée. Je les admire. En vérité elles n'ont aucun mérite, c'est des Danoises, elles ont du sang viking dans leur veines, leurs ancêtres vivaient dans des terres rudes, dans le froid et la glace, l'Urubamba est pour elle une rivière chaude. Pour moi, habitué à un climat plus tempéré, ce n'est que folie douce de mettre la tête dans de l'eau aussi glacée. Merci beaucoup mais je passe mon tour, téméraire mais pas suicidaire. L'Urubamba je l'aime du fond de mon cœur, mais pas au point d'y plonger ma tignasse. Absolument impossible. Je laisse ce plaisir aux filles. Je n'ai pas de sang nordique dans les veines et j'opte plus pour l'eau moins froide qui s'écoule devant la maison.

L'après-midi, quand l'envie de grand air nous prend, Joseph et moi nous abandonnons les filles sur le balcon, avec leurs tisanes et leurs causettes sans fin. Nous louons des chevaux pour quelques soles et nous parcourons au gré du hasard la campagne environnante, les sentiers de montagnes, les chemins bordés de pins, un sentier près de la rivière au bas de chez nous. Nous nous arrêtons au bord de l'eau pour fumer notre ganja, assis entre deux eucalyptus, le temps que les chevaux se reposent. Dans nos balades nous parlons peu, chacun sur son cheval, chacun dans son monde, chacun sur son propre chemin, veillant à ne pas tomber. Face à la grandeur de ces paysages andins, à quoi bon se perdre en vaines discussions. Joseph n'est plus l'agité que j'ai connu à Cuzco. Il est plus calme, plus tranquille, moins bavard. Moins de phrases décousues et de paroles délirantes sortent de sa bouche. Nous revenons à la nuit, les yeux chargés d'inoubliables images, heureux de douces senteurs, sans préoccupation pour notre avenir, sans projet pour le futur.

Ollantaytambo. La vie passe simplement, sans heurts ni tumultes. J'y trouve du charme, un certain équilibre intérieur. C'est mon côté bucolique qui ressort à fond, être proche de la nature, vivre éloigné du bruit des villes.

J'ai l'impression d'avoir appuyé sur la touche pause de mon voyage, sentiment que le temps s'est arrêté, en expédition dans une autre dimension, dans la dimension fraternité.

Soirée cinéma à Ollantaytambo

— Le film va bientôt commencer. On y va ? nous demande Hanna.

Six heures du soir et le village est plongé dans la nuit. L'obscurité arrive vite entre ces montagnes, surtout ici, à Ollantaytambo, au Pérou, au fin fond de la cordillère des Andes, où le réseau électrique n'est pas encore branché. Une affiche indiquait qu'une séance de ciné aura lieu ce soir dans une cour de ferme, près de chez nous. Une soirée cinéma ici, voilà qui est inattendu. Les séances ont lieu une fois par mois et c'est chaque fois le grand événement pour la population locale. La moindre animation est la bienvenue dans ce village qui somnole. Depuis combien de temps ne suis-je pas allé au cinéma ? Allons voir de quoi il en retourne. Cette soirée imprévue sera l'occasion de briser notre routine.

Nous donnons nos cinq soles et entrons dans la place. Une salle de cinéma, non, absolument pas, mais une cour de ferme, avec un groupe électrogène dans un coin, des chaises apportées par les spectateurs eux-mêmes, un grand drap blanc en guise d'écran et de vieux haut-parleurs pour le son. C'est du rudimentaire. Nous voilà revenus aux débuts du cinéma. Évidemment nous nous sommes mis en conditions pour passer une bonne soirée avec deux cigarettes de chanvre hilarant. La majorité des fêtards s'adonnent à l'alcool, c'est légal, nous, nous sommes adeptes de la fumette. C'est plus risqué.

A l'affiche, ce soir, *Le Bon la Brute et le Truand* de Sergio Leone. Revoir ce western, déjà vu et revu, à Ollantaytambo, en pleine cordillère des Andes, voilà une idée originale. Un western ici, dans ces montagnes dignes du plus beau Far West, on s'y croirait. Des scènes de western, en trois mois j'en ai vu au moins cinq : coups de feu à Huancayo, courses de camions dans la montagne, excursion à cheval vers Vilcabamba, bagarre générale à Punta Carretera, promenade avec des dealers au fond d'un pick-up.

— Vu la tronche des premiers paroissiens introduits dans la place la soirée promet d'être folklorique. Attendons-nous au meilleur du meilleur, dis-je en découvrant plusieurs types alcoolisés qui n'arrivent pas à tenir debout et se tiennent par les épaules.

Pour eux la situation est compliquée, ils titubent, penchent légèrement à droite, repartent à gauche, ont du mal à tenir droit. Le vent souffle dans la voilure. Ils vont se ramasser sur la terre battue. Un pas en avant, un pas en arrière, ils se redressent tant bien que mal. Pas de surprise en perspective, ces autochtones vont finir par voir le film allongés par terre ou par s'endormir avant la fin de l'histoire. Pour eux, tenir droit pendant deux heures sera le défi du mois. Par groupes de deux ou de trois, se soutenant les uns les autres, parlant fort et braillant sans discontinuer, ils attirent les regards. Je croise les doigts pour que ces lourdauds se taisent dès que le film va commencer.

Nous, nous sommes relax, en mode décontractés, pas du tout fatigués vu qu'aujourd'hui, comme hier et comme demain sans doute, nous n'avons rien foutu de la journée, si ce n'est fainéanter dans notre cour ou sur notre balcon.

Les rares chaises sont occupées par des Péruviennes qui surveillent leurs gamins du coin de l'œil. Ne jamais les perdre de vue car ceux-là, comme tous les enfants du monde, courent dans les allées, se chamaillent, se donnent des coups de pied, se bagarrent et font un beau raffut. Une école à l'heure de la récréation ! Quelle basse-cour ! Nous, nous ne risquions pas apporter de chaises vu qu'à la maison nous n'en avons pas ! Nous nous sommes installés au fond de la cour, lieu stratégique s'il en est, appuyés dos au mur, embrassant du regard l'agitation du lieu, pas loin non plus de la sortie au cas où la soirée tournerait mal. On n'est jamais trop prudent avec ces poivrots éméchés, la tranquillité pourrait vite se transformer en pugilat général.

Mauvais présage, le film débute avec quinze minutes de retard et le silence ne se fait pas, malgré deux ou trois vieilles qui crient « silencio ! » et un type qui m'a l'air d'être le grand organisateur et qui essaye d'imposer sa loi. Le pauvre, il en perd sa voix, s'égosille en vain, mais nul ne l'écoute, et tant mieux pour lui, seul contre ces imbibés il finirait dans l'Urubamba. Nous pigeons vite le topo, pas besoin d'un dessin. Faut s'y résoudre, le silence ne viendra pas. Charivari et brouhaha, voilà l'essentiel de la bande son. Les spectateurs s'en moquent de Clint Eastwood, nous les premiers à vrai dire. Le vrai spectacle n'est pas sur l'écran mais dans la salle, enfin devant l'écran. Un joyeux bordel règne sur le navire, profusion d'éclats de voix, d'interjections et d'onomatopées incompréhensibles qui relancent les ricanements et la rigolade généralisée, paroles en quechua comprises par tous, sauf par nous.

Dès les premières images, les gamins crient et hurlent à qui mieux mieux. La cour ressemble d'un côté à une garderie de gosses braillards, et, dans un autre angle, à une sortie de bar avec des ivrognes chargés d'alcool.

Allez voir un film dans ces conditions ! C'est mission impossible.

— Je crois que ces poivrots devraient se taire, menace Daniel en criant.

Mais nul ne l'écoute, le bruit continue de plus belle.

— Et les enfants aussi, sinon on ne verra pas le film, ajoute Edda en colère, mais ses mots se perdent dans un chahut complet.

Une femme nous confirme le topo.

— Tous les mois c'est pareil. La belle occasion pour boire, pour trop boire. Impossible de voir les films tranquillement. Trop de bruit.

Les types, imbibés comme des babas au rhum, rembarrent les acteurs sur l'écran. Clint Eastwood en prend pour son grade, Lee Van Cleef ramasse une volée d'insultes, et Eli Wallach de stridents coups de sifflet. Je n'ai jamais assisté à une séance de cinéma aussi coquasse. Un vrai show des Monty Python. Les rares spectateurs qui ont l'outrecuidance de demander le silence sont rabroués salement. Ils vont en venir aux mains, scénario inévitable. Prudemment je préconise de rester tranquilles, de ne pas créer du remous, ces pochards pourraient s'en prendre à nous. Ces types, cultivant en général un fort sentiment nationaliste, n'aiment pas les étrangers. Les téméraires qui veulent imposer leur loi ne sont pas trop appréciés au Pérou et en Amérique latine en général. Soyons discrets et amusons-nous de ce bazar. Le film, je m'en moque et mes amis aussi, je l'ai déjà vu deux ou trois fois, je connais l'histoire par cœur, c'est pas le plus important de la soirée.

Cerise sur la gâteau, la pellicule se casse au milieu de la projection et l'électricité produite par le groupe électrogène disparaît deux fois, provoquant une vague hystérique jamais atteinte. Nous atteignons le summum. Plus haut, plus fort, c'est impossible. Des gaziers se lèvent, se sentant arnaqués, lancent leurs bouteilles de bière sur l'écran, lèvent les bras au ciel en beuglant. C'est un fiasco total, admirable et impressionnant ! Je me bidonne. Avec une caméra je pourrais réaliser un film loufoque. Nous avons plus d'actions dans la cour de la ferme que sur l'écran. Eastwood se donne des grands airs mais il est dépassé par cette bande de fort en gueule. D'ailleurs, à force de coupures et d'arrêts, de hurlements et d'éclats de rire, l'histoire est devenue incompréhensible. A coup sûr les bobines ont été mélangées, je ne reconnais plus ce classique. La scène du cimetière c'est vers la fin, que je sache, pas à la moitié du film.

Voilà un bon prétexte pour faire du scandale. Je compatis avec les gueulards. Le spectateur, ici ou ailleurs, n'apprécie pas que l'organisateur du spectacle se moque de lui. Projeter les bobines dans le désordre, et puis quoi encore ? Le jeune projectionniste, assis sur un mur, entre un poulailler branlant et une grange ne s'en doute pas, mais il risque sa vie, et le gentil organisateur a disparu de la circulation. Vaut mieux pour lui. J'en ai vu d'autres sous ces latitudes qui ont pris des volées pour moins que ça.

Face à ce niveau d'incompétence vaut mieux rire que s'énerver.

Comme il fallait s'y attendre, les deux cigarettes nous font un bel effet. Ces péripéties, vues à travers nos pupilles dilatées, nous ont déclenché une belle crise de rigolade. J'ai mal au ventre d'un fou-rire incontrôlable.

— C'est le délire total ici, ces gens sont fous. Moi j'en peux plus, je rentre, annonce Joseph en se levant.

— Sûr, aucun intérêt à rester ici. Perte de temps totale ! On rigolera ailleurs. Ce film je l'ai déjà vu, dis-je me préparant à partir aussi.

Le film est fini, si tant est qu'il ait commencé.

Le générique de fin se déroule, le spectacle est terminé, les poivrots en pleine accalmie.

Nous nous dirigeons vers la porte, bousculant au passage

trois endormis appuyés au mur. Le groupe électrogène ronronne toujours et alimente encore quatre ampoules chétives dans la cour de la ferme. La fée électricité visite Ollantaytambo, le voilà le vrai miracle du jour. Les boit-sans-soif se sont tus. Ils reviennent à la réalité et n'ont plus qu'une idée en tête, rentrer chez eux au plus vite, se coucher, dormir. Demain n'est pas jour férié, loin de là. La fiesta est finie, allez les gars, au lit ! Et vivement la prochaine séance, le mois prochain.

Ce sera quel film ?

Je sors de cette cour des miracles. Pour mon malheur, un ivrogne, aux mains calleuses et aux yeux rouges, s'accroche à mon épaule. Il me retient comme une liane, s'agrippe à ma chemise avec ses mains sales, veut que je l'écoute. Rien n'y fait, il ne se décroche pas de moi.

Bon sang, il va me lâcher celui-là ? On n'a pas gardé les vaches ensemble ! C'est sur moi qu'il fallait que ça tombe. Quelle poisse !

Il me baragouine dans sa langue, comme si je comprenais le quechua. L'anglais, l'espagnol, dix mots d'occitan, soit. Les sonorités du quechua sont étonnantes mais je n'y comprends pas un traître mot. Pourquoi moi bon sang ? Qu'est-ce que j'ai fait au bon Dieu ? Une bouteille dépasse de sa veste. Je n'arrive pas à m'en délier, quel pot de colle ! Et bla bla, et bla bla, un vrai moulin à paroles. Situation désagréable. Son haleine puante est un vrai repoussoir. Il a les dents pourries, trop d'alcool dans le gosier, trop de tabac dans les poumons. Pour qu'il me lâche la grappe je lui réponds en français, à voix haute. Réalisant soudain que je ne suis pas de son monde, et malgré son taux d'alcoolémie élevé, il s'éloigne en titubant et en marmonnant des paroles incompréhensibles.

Riant encore de cette aventure, nous retrouvons notre havre de paix. On n'est jamais aussi tranquille que chez soi. Une séance de cinéma à Ollantaytambo, belle expérience surréaliste, je m'en souviendrai longtemps.

Assis sur notre balcon, nous buvons du thé de coca et fumons notre péruvienne quotidienne. Je souris repensant à cette soirée. Demain trois ou quatre de nos voisins auront mal aux cheveux, la tête douloureuse, la bouche pâteuse. Et ils ne se souviendront même pas du titre du film !

Les oiseaux de la chanson de Pink Floyd, *Cirrus Minor*, du film More, chantent dans ma tête et brisent le silence de la nuit péruvienne.

In a churchyard by a river

Lazing in the haze of midday

Laughing in the grasses and the graze

Yellow bird, you are not long

In singing and in flying on

In laughing and in leaving

Après le délire de cette soirée cinéma complètement loufoque, le vent de la cordillère m'a ramené à un état plus contemplatif. Après la tempête, le calme des mers d'huile. Étendu dans mon sac de couchage, j'observe le ciel époustouflant de l'hémisphère sud, ce ciel où mes yeux se perdent, ce ciel où des milliers d'étoiles me saluent.

Difficile d'imaginer que grand nombre de ces étoiles, tellement éloignées, sont déjà éteintes depuis des siècles.

Au fait, c'était quoi le film ce soir ?

Nos voisins

La vie à Ollantaytambo dans cette humble maison est des plus paisibles, sans évènement de haute importance, c'est la vie qui va, tranquillement. Nous sommes relativement en paix avec le voisinage, ne nous occupons pas des affaires des uns et des autres, bonjour bonsoir, et chacun chez soi. Le principe, pour des étrangers, est d'être discret, silencieux, et de ne pas troubler le quartier par du tapage nocturne, ne pas attirer l'attention. Pour vivre en paix vivons cachés, ou presque. Fondons-nous avec le paysage. Que la société nous oublie.

Mais malgré notre bonne volonté, nous avons de temps en temps des soucis avec nos voisins. C'est normal. La présence de jeunes étrangers installés dans le village n'est pas habituelle. Filles aux longs cheveux blonds, comme on en rencontre rarement dans le village, mecs mal rasés se levant tard, vivant de l'air du temps, aux yeux rouges, se lavant dans l'Urubamba et jouant de la quéna sur les chemins, c'est pas ordinaire, loin de là.

D'abord c'est une gamine qui vit à côté de chez nous et qui rentre dans notre cuisine qui ne ferme pas à clé. Elle y chipe des tranches de pain ou des biscuits que nous gardons là, sur une étagère. Ce n'est pas grave et nous n'en parlons jamais avec ses parents que nous croisons dans la cour. Pas question d'aller se plaindre. C'est une broutille et nous l'acceptons en souriant, d'ailleurs ce n'est pas dans le style de la maison de créer des histoires pour trois biscuits secs. C'est juste un brin embêtant, le soir, quand nous nous rendons compte qu'il manque de quoi manger à l'heure où les deux épiceries du village sont fermées. Elle a sûrement faim, ou c'est de la gourmandise, comme les enfants qui aiment plonger les doigts dans les confitures. J'imagine que ces biscuits secs sont pour elle un vrai régal et qu'ils n'apparaissent pas souvent à la table familiale. Chez eux c'est plutôt maïs, pommes de terre, légumes bouillis et de rares volailles, élevées tuées et plumées dans la cour devant la porte de la maison. La gamine est la benjamine de cette famille qui partage le patio avec nous, des paysans pauvres qui partent tôt vers les champs le matin, travaillent la journée entière et rentrent tard le soir, souvent à la nuit. Nous les croisons de temps en temps, chargés de fagots ou de bûches pour le feu, gens simples et sympathiques, humbles taiseux, qui sourient en nous voyant et ne s'occupent pas de nous.

Nous n'allons pas chercher des embrouilles pour quatre biscuits secs.

Un autre ennui vient du gars qui vit juste sous la pièce où nous dormons. C'est un ouvrier agricole lui aussi. Il se lève de bonne heure, avec le soleil et il revient tard le soir. Ici les gens triment dur, souvent dans les champs, plus de dix heures par jour, et pour des salaires de misère. C'est le tiers-monde, beaucoup de misères, pas beaucoup de plaisirs. Lui, il est un peu plus âgé que nous, pas beaucoup plus, et pendant qu'on se dore la pilule, vrais oisifs inutiles, lui se décarcasse pour gagner sa misérable vie. Existence rudimentaire et frugale, vie de labeurs avec un jour de repos de temps en temps à l'occasion de quelque fête populaire. Ce type est un gars bourru qui, avec son chapeau et sa veste élimée, me rappelle le vieux qui nous a accompagnés avec les chevaux à Vilcabamba. Le matin, quand il se réveille nous ne l'entendons pas, il part vite au travail. Seul moment de la journée où il est discret. Mais le soir, quand il revient, souvent éméché, nous avons un tout autre personnage. A la vue des filles il se transforme en un vrai pot de colle. L'alcool est un fléau par ici, une plaie sociale. La majorité des hommes, et beaucoup de femmes, ont l'habitude de consommer plus que de raison des eaux-de-vie juste bonnes à frictionner les malades, désinfecter des plaies ou nettoyer des bijoux. Cet alcool, qui réveillerait un mort, ajouté aux feuilles de coca qu'ils mâchent à longueur de journée pour se couper la faim, voilà le meilleur cocktail pour s'éclater la tête et se rendre nigaud. Nous, à côté, avec notre herbe trop sèche, nous sommes de petits joueurs dans le style pousseurs de limites. Le soir, dès qu'il nous repère dans la cuisine, le type nous interpelle toujours avec la même sempiternelle rengaine. Il veut s'incruster chez nous.

— Je vous le dis, on m'a demandé de venir vivre avec vous.

Il s'appuie au montant de la porte et nous jette des regards de feu, les yeux rougis par la boisson. Sous l'effet de ce poison il s'exprime dans un espagnol confus, articule mal, mange ses mots. Joseph et moi ne captons rien à sa logorrhée, nous comprenons juste que le gars est en plein délire mythomaniaque.

— Je vous le répète, *amigos,* c'est du sérieux là. Les gars doivent partir et me laisser avec les filles.

Mais comment se débarrasser du lourdaud ?

— C'est bon l'ami, c'est bon. On y va. Attends-nous dehors.

— Bon, d'accord, j'attends dehors. Mais j'ai ordre de rester avec les filles, vous m'entendez ? Vous m'entendez ?, hurle-t-il un autre soir.

Il s'est avancé sur notre échelle et s'apprête à monter sur le balcon.

— Oui c'est ça, d'accord, attends-nous chez toi. On descend.

Nous ne nous occupons pas de lui et le type, fatigué d'attendre, la tête à hauteur de notre balcon, redescend les trois barreaux de l'échelle et rentre chez lui en grognant. Chez lui c'est juste sous notre chambre, au rez-de-chaussée. Il allume alors la radio, ce satané poste de radio qui diffuse une station régionale, perdue dans un village de la vallée de l'Urubamba, station avec des animateurs gueulards qui commentent des matchs de foot ou des infos locales entrecoupées de publicités pour des produits évidement inutiles que la majorité des auditeurs n'auront jamais les moyens de s'offrir, ou pour des magasins d'électroménager de Cuzco dans lesquels ils ne rentreront jamais. Mon dieu que c'est pénible cet engin infernal qui crachote de la musique péruvienne criarde et gâche nos nuits. Nous ne fermons pas l'œil de la soirée. L'appareil semble installé dans notre chambre. Le zigoto, cassé par le labeur, grisé par l'alcool et bercé par cet engin, s'endort trop souvent en oubliant de l'éteindre. Catastrophe ! Même les mains collées à mes oreilles je continue d'entendre cet appareil battant l'appel à la consommation. On est là pour au moins deux heures de jacasseries et jingles insupportables. Nous le lui faisons remarquer plusieurs fois mais ça ne sert à rien, le gars ne change pas son habitude, dès qu'il rentre il allume le poste et c'est lancé pour la soirée, fin de la tranquillité.

Un matin, n'en pouvant plus, Joseph décide de résoudre le problème. Nous lançons l'Opération Silence. Nous enlevons trois lattes du plancher et il se glisse chez le gars. Le poste est vite trouvé, posé sur une étagère. Il lui remplace les piles par des piles usées et remonte chez nous.

Ce n'est pas très sympathique de notre part, je l'avoue bien piteusement, mais le baba-coolisme a ses limites. Ce pauvre bougre travaille dur et a peu de distractions, mais dorénavant nous pourrons dormir sans être accompagnés par les grésillements de la maudite radio.

Machu Picchu

Machu Picchu ! Machu Picchu ! Branle-bas de combat ! Tout le monde sur le pont ! Voici enfin le jour tant attendu de partir à l'abordage de ces fameuses ruines. En avant ! Courage ! A l'abordage, comme des pirates, avec passion et euphorie. Nous n'avons plus que ce nom à la bouche, Machu Picchu ! Machu Picchu ! Sera-t-il à la hauteur de Vilcabamba, ce Machu Picchu tant attendu ? J'en doute. A Vilcabamba nous étions quatre, au Machu Picchu je serai plus entouré.

Nous abandonnons la maison à trois heures de l'après-midi pour rejoindre en train Aguas Calientes, dernier village, camp de base touristique à trois kilomètres du fameux site. Nous arrivons à la nuit tombante au fond de cette vallée peu agréable et échouons dans un hôtel en chantier, en cours d'aménagement, dans une triste chambre encore en travaux, avec des matelas posés à même le sol. Le soleil a oublié de pénétrer jusqu'à cette pièce et le froid nous pince la peau. Je n'aime pas cet endroit triste et sordide. Notre feu de bois dans l'angle de la cuisine me manque.

Tôt le matin, après un petit-déjeuner rapide à la terrasse de l'hôtel, nous nous mettons en route pour le Machu Picchu. Les ruines ne sont pas là, sous nos yeux, prêtes à être visitées par le premier touriste venu. La première étape consiste à se rendre à pied à la station des mini-bus, à trois kilomètres des hôtels, puis, second chapitre, monter avec ces navettes jusqu'aux ruines situées sur un plateau, entre deux montagnes. Le Machu Picchu n'est pas au bord d'une route passante, ni au fond d'une vallée, non, le Machu c'est là-haut, il se mérite ! Vous connaissez la fameuse vue, pas besoin d'expliquer des heures ni de faire un dessin.

A la station des navettes, blottie au fond de la vallée de l'Urubamba, au bord de la ligne de chemin de fer qui mène à ce Quillabamba de triste mémoire, nous ne voulons pas attendre comme des voyageurs de base, encore moins nous mélanger avec la foule stupide. Je ne m'imagine pas entassé avec les autres moutons, style bétaillère. Nous décidons donc de monter à pied, en droite ligne, comme les gamins qui font la course avec les bus pour amuser les touristes. Même pour le Machu pas de compromis avec des Américains insupportables. Je ne me mélange pas à cette harde !

— Les feuilles de coca vont nous aider. Nous arriverons là-haut avant les gringos, mâchons et marchons ! A l'attaque !

Sans aucune hésitation nous partons tout droit à flanc de montagne, en mâchant des feuilles dont la saveur aigre-douce nous tire des grimaces mais nous donne des ailes. Les Incas ne s'y étaient pas trompés, et les paysans péruviens d'aujourd'hui non plus, c'est une plante miraculeuse qui coupe la soif la faim et la fatigue. Une merveille. Tranquilles, seuls et peinards, nous traversons plusieurs fois la route en lacets, suivant un chemin rectiligne en pente raide, comme si nous marchions sur une route plate. Boosté par les feuilles, par l'altitude, par l'émotion du lieu, par la magie péruvienne, je ne marche plus je vole. Mes pieds ne touchent pas le sol, en lévitation. Les mini-bus avec les touristes ne circulant pas encore, j'ai tendance à oublier les groupes de malpolis qui, juste là en-bas, sous nos pieds, attendent le feu vert pour se jeter à l'assaut du site. Ils nous rattraperont assez vite, hélas !

Ah quel dommage de n'avoir pas eu ces feuilles sur la route de Vilcabamba, pour supporter les journées de fatigue, les conditions climatiques, les moustiques et autres aléas de l'expédition. Ce pauvre Carlos aurait pu nous en parler un peu plus, nous initier à cette pratique millénaire de masticage de feuilles.

Moins de vingt minutes pour monter jusqu'au Machu,

qui dit mieux ? Et sans aucune fatigue, arrivés là-haut avant la cohue quotidienne. Mais déception quand même. Nous ne découvrons toujours pas les ruines de la cité Inca mais un hôtel de luxe, avec une dizaine d'Américains fortunés installés en terrasse, déjeunant « à l'américaine », corn-flakes, café, jus d'orange, pancakes. Ceux-là attendent l'heure d'ouverture pour quitter leur petit paradis et envahir les ruines. Au Pérou, impossible de s'approcher d'un site un tant soit peu intéressant, sans tomber nez à nez avec un de ces groupes de voyage organisé, occupant l'espace et parlant fort. Ils sont partout chez eux, dans les avions, dans les bus, dans les hôtels et sur les lieux à visiter. La *pax americana* règne en Amérique du Sud en cette fin des années soixante-dix. L'Amérique latine est considérée comme l'arrière-cour des États-Unis depuis le début du dix-neuvième siècle, c'est la doctrine Monroe, c'est pas nouveau. Les touristes américains, je les ai vus à l'œuvre au marché de Pisac, à Cuzco, dans les ruines d'Ollantaytambo. C'est toujours les mêmes visages, des armées de clones, mêmes allures dégingandées, mêmes voix fortes, toujours à gueuler, mêmes lunettes noires, mêmes paires de chaussures.

Enfin, après que plusieurs navettes aient dégueulé entre l'hôtel et l'entrée du site leurs rations de visiteurs affamés de sensations fortes, j'entre avec mes amis dans le Machu Picchu.

Passé le guichet, nous suivons précautionneusement un sentier à côté d'un précipice, mais toujours pas de ruines. Vingt mètres plus loin nous traversons le « poste de garde de la soldatesque inca » et, en sortant de ce réduit, il est là face à nous, aussi majestueux que sur les cartes postales et que dans les livres, il est là, grandiose, le Machu Picchu !

Forcément, j'avoue que ça valait le déplacement. Les photos et posters ne valent plus rien quand on a face à soi ce sanctuaire inca. Le fameux Machu Picchu, tant attendu et tant rêvé, est là, trop propre et trop grand. Je me sens écrasé par tant de majesté. Rien à voir avec les ruines de Vilcabamba qu'il me fallait deviner sous une intense végétation, ici c'est nettoyé et entretenu, parfaitement organisé pour faciliter la visite, tout est mis en œuvre pour que les visiteurs ne se tordent pas les chevilles, ne se perdent pas dans ce labyrinthe minéral. C'est le

Machu Picchu, mondialement connu, mais comme je n'écris pas un guide touristique, pardonne-moi cher lecteur, mais j'éviterai les descriptions inutiles des recoins à visiter, de cadrans astronomiques à photographier absolument et des blocs de pierre ajustés au millimètre près.

J'entre dans le site, béat, yeux grands ouverts, l'air idiot. J'avance lentement entre les murs de pierres. L'énergie du site m'enveloppe, un courant électrique me donne des frissons, mes poils se dressent sur mes bras. J'ai la chair de poule. Les Incas ne s'y sont pas trompés, ils ont implanté leur cité au croisement névralgique d'ondes telluriques qui, en cet instant précis, remontent dans mon corps. Des champs magnétiques en folie secouent l'atmosphère, vibrent autour de moi. Le temps d'un clignement d'œil me voilà transcendé par le lieu, ma conscience n'est plus en moi, mon ego n'est plus mon moi, je ne suis plus qu'une poussière d'étoiles portant l'Univers entier dans son cerveau. En un instant je disparais et renais partout à la fois, le Machu est en moi et je suis le Machu. Et pourtant je n'ai rien pris, ni herbe qui provoque un rire irrépressible, ni LSD, ni ligne blanche. Je n'ai bu qu'un café et mâché qu'une dizaine de feuilles de coca inoffensives. Étrange impression déjà ressentie à Vilcabamba. Hélas ! cette sensation s'efface lentement avec le nombre croissant de visiteurs. Ils parasitent la réception radio entre le site et mon cortex. Une raison de plus pour ne pas les supporter.

Nous nous sommes installés à mi-hauteur, sur une terrasse andine, face aux montagnes. Silencieux et contemplatifs, respectueux et humbles, submergés par l'insolente magnificence du site, nous ouvrons grand nos yeux pour ne pas perdre un seul détail de cette féerie andine. Nous restons dans ce secteur, nous éloignant très peu pour visiter les ruines. A mon humble avis, la seule activité décente possible est de s'asseoir, se taire, s'imprégner de bonnes énergies, devenir autochtone, indien, sauvage, mystique, prêtre inca, guerrier, poète, rester un simple témoin.

Malheureusement nous sommes de plus en plus parasités par les touristes qui débarquent comme un vol de sauterelles, passent près de nous, jouent les je-sais-tout en racontant n'importe quoi sur les Incas et leur religion.

— Mais ils ne pourraient pas se taire, cinq minutes au moins ?, J'en ai ras-le-bol de les entendre déblatérer des conneries !

Ils photographient sous tous les angles sans prendre le temps d'observer les lieux. Pourvu que les ruines soient dans la boite ! Je revois mon ami Noël ou les deux Anglais à Vilcabamba, l'essentiel pour eux est de mitrailler à tout-va. Le Machu Picchu, ils réfléchiront éventuellement à sa grandeur, revenus à New-York ou à Montréal, ils y repenseront un jour, en retrouvant les photos dans une boite en carton et se diront, nostalgiques, « ah oui, c'est vrai les amis, j'ai fait le Machu Picchu à l'été 1978». Il y a dans cette expression, « faire un pays », un côté collectionneur. Les touristes qui « font des pays » les collectionnent comme des enfants collectionnent les timbres ou les vignettes de footballeurs. Avec aussi un côté narquois et fier de lui, « des pays, j'en ai fait plus que toi, na na nère ! ». Il suffit de voir leur regard quand ils te parlent de leurs voyages, les yeux qui brillent, la tête qui se relève, tels ceux qui savent et peuvent dire : « je connais, j'y étais. J'ai fait le Pérou.. »

Faire un pays. L'expression la plus stupide jamais entendue. « J'ai fait l'Espagne, j'ai fait l'Égypte.» Comme si *on faisait* un pays, et en plus, en trois jours. Non, on ne fait pas un pays ! On le visite, on le découvre, si on a du temps, on rencontre ses habitants, on s'assoit sur un banc et on parle avec des gens, on admire son patrimoine, on goûte sa gastronomie, on s'enivre de ses nectars, on apprécie la beauté des femmes, la bravoure de ses hommes, la nonchalance de ses habitants, mais on ne fait pas un pays. Moi je ne fais pas le Pérou, je ne fais pas l'Amérique latine, je visite ces pays tout simplement, j'y vis tant bien que mal, je m'y déplace d'une façon ou d'un autre, j'apprends à les connaître, à les aimer et à les supporter aussi, assez souvent, et je profite de chaque instant, remerciant l'existence de m'avoir donné la possibilité de marcher sur ces chemins poussiéreux, sur mon propre chemin. Moi je ne fais pas le Pérou, le Pérou était là avant moi.

Ce serait même plutôt le Pérou qui me ferait.

Emporté par le merveilleux du Machu Picchu, et en

légère contradiction avec mon point de vue sur les touristes ordinaires, je succombe moi aussi à la folie photographique. La tentation de ramener des clichés à la famille est trop forte. Le supplice des séances diapos leur fera plaisir. Je craque, prends mon Praktica et les deux objectifs, et j'arpente les terrasses à grands pas, cherchant le bon angle, traquant le meilleur point de vue. Je passe d'une plate-forme à l'autre, de la zone urbaine avec son Temple des Trois Fenêtres, sa résidence royale et son Temple du Soleil, à la zone agricole avec ses longues terrasses de culture où le maïs et la pomme de terre ne poussent plus depuis longtemps. Jouer le touriste photographe n'est vraiment pas mon truc et me fatigue vite. Hors de question de me transformer en un vulgaire excursionniste.

Pour la suite de notre aventure, nous attendons notre heure pour mettre notre plan à exécution.

En effet, ne pouvant rien organiser comme des touristes ordinaires qui arrivent à dix heures et repartent à quinze, nous nous sommes planifié un séjour exceptionnel : dormir dans le Machu Picchu ! Il n'y a que nous pour oser le faire. Passer la nuit sur le site est absolument interdit par les autorités péruviennes - on s'en serait douté. Personne ne dort dans le Machu Picchu. Personne n'y campe. Personne ni bivouaque. Formellement interdit. Et pourtant les recoins ne manquent pas pour s'y cacher et y dormir. Dix-huit heures dehors les touristes, et vite ! Mais pour nous, l'envie de vivre aujourd'hui un moment exceptionnel avec les ruines pour nous tout seuls est plus fort que les lois et règlements dont nous n'avons absolument rien à cirer.

Lois et décrets sont écrits pour être transgressés.

Notre plan est simple : passer la nuit au sommet du Huayna Picchu, la montagne en forme de pain de sucre derrière le Machu Picchu – vous voyez laquelle ? - , profiter de la pleine lune et sentir le vent de la cordillère dans nos cheveux toute la nuit. Et demain, nous reviendrons par l'autre côté, par le fleuve.

Donc, vers quatre heures de l'après-midi, en catimini, nous prenons le sentier empierré qui mène à ce sommet. J'ai un pincement au cœur, je sais que sur ce sentier Werner

Herzog a filmé des scènes du film *Aguirre*, avec Klaus Kinski. C'est la première scène du film, rappelez-vous, l'expédition qui traverse les Andes, avec la musique envoûtante de Popol Vuh. Nous y sommes en plein, troupe de routards complètement inconscients, ou trop conscients, nous avançons lentement sur ce chemin difficile, de plus en plus étroit, de plus en plus dangereux. Il est bordé de rochers gris et luisants, extrêmement dangereux, marqués par les mains et les pieds de milliers de visiteurs. Nous grimpons en mâchant les feuilles de coca, en parfaits *coqueros,* ne sentant aucune fatigue. De temps en temps, nous nous arrêtons pour nous retrouver, faire le point, être sûr que personne ne reste en arrière. Ce parcours me rappelle mon séjour vers Vilcabamba, quand, avec ce pauvre Carlos, toutes les dix minutes nous devions attendre David et Robin qui prenaient leur temps pour revenir à la civilisation. C'est le principe des marches en groupe, les fonceurs se doivent de s'arrêter pour attendre les retardataires.

Plus je monte, plus je m'éloigne du Machu et plus je me sens léger, débarrassé de la présence des touristes lourdauds.

Libre comme le condor, je recommence à respirer.

Trop lent pour suivre la cadence, j'avance souvent seul mais je ne me soucie pas du sort de mes compagnons, nous nous retrouverons au sommet. A chaque pas, transporté entre la terre et le ciel, je me rapproche de l'azur infini, mon cœur bat plus fort, mon regard balaye la cime des montagnes, le Machu sous mes pieds. Ulla et Edda sont déjà arrivées au sommet et Joseph et Hanna sont en avance sur moi d'au moins cinquante mètres.

Plus je progresse sur ce chemin, et plus je monte spirituellement, c'est l'ascension symbolique.

Les dernières marches sont les plus difficiles, à la verticale, avec de minuscules espaces pour poser les pieds. A ce dernier passage, des plus dangereux, je me sens un peu seul. Ce n'est plus un chemin mais un parcours d'escalade pour terminer en beauté. Sans hésitation je me lance. Surtout ne pas regarder en arrière, ne pas me retourner. Les marches sont peu profondes, humides, moussues. Elles ont vu trop de visiteurs. Et rien pour se retenir, même pas une malheureuse corde, juste trois racines qui dépassent de temps en temps. Qui les a creusées ces marches ? Les Incas avaient-ils les pieds si courts qu'ils n'ont pas fait des marches plus profondes ? Qui étaient les constructeurs de ces terrasses ? Ce n'est qu'une dizaine de mètres mais pas question de glisser et de sauter dans le vide. A mi-escalade, emporté par un excès de confiance, oubliant toute prudence et voulant aller trop vite, mon pied glisse entre deux marches. Je redescends d'un coup de vingt centimètres. Assez pour m'offrir une belle frayeur et un flash d'adrénaline. Tombera ou tombera pas ? Mon bras gauche frotte sur une pierre. Ma main droite s'agrippe à une racine. La pointe de mes pieds se pose au sol. En une seconde je retrouve mon équilibre et ma stabilité. Tombera pas.

Ne pas se transformer en condor, ne pas tenter le grand vol. Un accident de bus, une glissage d'escalier. Vais-je provoquer le destin encore longtemps ?

J'ai eu chaud mais j'ai confiance en moi. Pied ferme, gestes précis, main sûre, des milliers sont passés avant moi, je peux le faire. Je respire un grand bol d'air et recommence l'escalade. Le grand saut fatal n'est pas d'actualité et la fin de mon voyage n'est pas programmée pour aujourd'hui. J'ai une odyssée sud-américaine à terminer.

Un coup d'œil vers le haut de cet escalier de pierre me rassure, plus que deux mètres et j'aurai rejoint mes amis.

Le sommet ne s'atteint pas en dépassant les autres, mais en se dépassant soi-même.

Au sommet du Hayna Picchu, sur le toit de la cordillère des Andes, le silence et le vent sont là pour nous accueillir. Nous avons bravé les interdits et nos yeux émerveillés découvrent un paysage grandiose. Nous n'avons pas peiné pour rien, l'effort est récompensé. Face à ces imposantes montagnes, quelle aptitude devons-nous avoir ? Juste de l'humilité. Perdus dans l'azur infini nous frôlons les nuages, autour de nous les sommets des montagnes vertigineuses s'interpellent, dialoguent entre eux. Le Machu Picchu qui s'endort à nos pieds, vidé de ses derniers visiteurs, n'est qu'une maquette d'architecte en cours de construction, posée sur des cailloux, je pourrais la ramasser dans ma main en tendant le bras. Nous sommes au point culminant, aller plus haut n'est pas possible à moins de nous transformer en ange et de voler de nos propres ailes.

Venus du monde d'en bas et en communion parfaite avec le monde d'en haut, nous nous contenterons aujourd'hui d'être unis corps et âmes avec l'Univers.

Remis de notre exploit, et fiers de la bonne blague jouée aux gardiens du temple, nous nous installons entre des rochers pour nous abriter du froid de la nuit. Nous dormirons ici, à la cime du monde, loin de l'humanité. En ce mois d'août 1978 la température est exceptionnellement basse et je suis aussi mal équipé pour des aventures montagnardes qu'à Vilcabamba. Toujours mes mêmes chaussures mal adaptées à la randonnée, mon inévitable pull noir pas assez chaud, et mon poncho trop fin acheté à Cuzco.

Rien sur la peau, rien aux pieds, amateurisme intégral.

Hélas ! le soleil se couche vite. Les montagnes s'assombrissent trop rapidement, deviennent des blocs noirs. Leurs détails fascinants se perdent dans le crépuscule. La lune donne une autre dimension au paysage. Nous assistons à un autre spectacle : le son et lumière de la nuit péruvienne repousse celui de la journée. Nouvelle féerie, les étoiles s'allument une à une sous nos yeux éblouis par tant de merveilleux. Nous nous rapprochons les uns des autres pour affronter le grand mystère de la nuit. Combien ont dormi là, y ont prié les dieux, Incas, Espagnols, soldats, prêtres, explorateurs, défricheurs, touristes ? Nous ne sommes que des détails de l'histoire, insignifiants maillons sur la longue chaîne des visiteurs et des rêveurs. D'autres avant nous sont passés ici, au sommet du Huayna Picchu. Beaucoup d'autres viendront y rêver après nous.

Assis par terre, en cercle, nous nous réchauffons à un feu allumé entre deux rochers, feu minuscule pour ne pas se faire repérer par les gardiens du site. Nos provisions consistent, pour cinq personnes, en trois oranges, deux paquets de biscuits, du thé dans un thermos et une poche en plastique remplie de feuilles de coca. Belle équipe de bras cassés ! Munitions ridicules pour cinq aventuriers amateurs. Toute personne normalement constituée nous traiterait de fous furieux et d'inconscients, mais pour nous ce devrait être largement suffisant. La poche de feuilles de coca remplacera les repas. Nous aurions difficilement pu apporter plus, impossible de pénétrer dans les ruines avec un sac de provisions, ce n'est pas un lieu pour pique-niquer ! Et heureusement d'ailleurs, faut pas exagérer. J'imagine la flopée de touristes avec sandwichs et boissons gazeuses sur les terrasses centenaires. Joli spectacle. Déjà qu'il a fallu se rendre transparent pour passer l'entrée avec nos sacs de couchage, pas question d'amener des sacs de victuailles. Le touriste avisé, amateur de sites trop fréquentés, reconnaîtrait quand même qu'au Machu Picchu la surveillance laisse à désirer. Ces Péruviens ne sont pas sérieux dans le contrôle des visiteurs. Trop de monde à la porte, la fouille est rapide. On entre dans le Machu comme dans un moulin.

Nuit andine, nuit de pleine lune, nuit de mystères, nuit de secrets, nuit pour anges déchus et marcheurs infatigables, nuit complice aux ombres chimériques, nuit d'étincelles stellaires, nuit éternelle recouvrant de son âme noire nos esprits apaisés, nuit tropicale, juste au nord du tropique du Capricorne, nuit d'interrogations et de questionnements, nuit qui nous protège, libres enfants du monde, routards célestes, poètes voyageurs, *International Road Engineers* arpentant la planète du nord au sud et d'est en ouest, sans cesse, avec avidité.

Nuit, toi qui sais nos rêves et nos folies, toi qui sais nos peurs d'enfants et nos espoirs de jeunes adultes, avoue-moi, que sont ces flashs lumineux, qui se répètent au loin, à rythme régulier, à la cime des montagnes ? Ils proviennent tous de la même direction. A rythme régulier, toutes les deux minutes, un éclair perce la nuit, là-bas, au loin dans les vallées, phénomène mystérieux et inexplicable que nous observons sans trouver de réponse. Ce n'est pas l'hélicoptère de la police péruvienne, tant mieux pour nous, ni un avion en perdition, ni un aéroport caché dans les montagnes, nous sommes loin des villes, loin de tout. Aucune explication à ces flashs trop réguliers pour être un orage. Est-ce des ovnis ou des extra-terrestres qui nous font des signaux de fortune ? Je me plais à préférer cette hypothèse, des êtres sages et éclairés, débarqués d'une lointaine planète, venus nous chercher sur le Huayna Picchu, nous, les élus.

Peut-être qu'un jour, en revenant dans ces montagnes et en cherchant, nous pourrions trouver la réponse, mais j'en doute fort. Laissons cette étrange phénomène au monde mystérieux et magique de la nuit péruvienne.

Allongé au chaud dans mon sac de couchage, ne laissant émerger que mes cheveux et mes yeux, je compte les étoiles filantes, observe la course des astres, me remémore le chemin de ces dernières semaines. Suis-je toujours le type qui descendait de l'avion à Lima il y a trois mois et achetait une bouteille de Pisco à un chauffeur de taxi ? Suis-je celui qui se moquait des meutes de touristes de l'Inti Raymi, celui qui pataugeait dans la boue vers Vilcabamba ? Non. Je suis chaque jour un autre, en évolution et en révolution permanente, une pierre qui roule sur une pente, déboule et prend de la vitesse, laissant sur le chemin le superflu accroché dans ses interstices. Différent chaque matin du monde, je ne suis plus depuis des semaines le bon copain qui a laissé ses amis derrière la vitre d'un bar, le lâcheur qui a claqué la porte, le curieux du monde qui est venu renifler la poussière sur les sentiers incas. Les étoiles, mes éternelles complices, éclairent chacun de mes pas et illuminent ma route.

Il est tard. Allongés près de moi, anges innocents, les autres roupillent comme des souches.

Vers trois heures du matin une étrange mélodie me réveille. Le chant d'un tambour se mélange aux battements de mon cœur. Mes compagnons restent endormis, planqués au fond de leurs sacs de couchage douillets. Est-ce une hallucination, un mirage, le son de mon sang qui court dans mon corps ? Je ne rêve pourtant pas. Qui se permet de jouer du tambour, à cette heure, ici, au sommet de cette montagne magique ? Quelqu'un nous aurait suivi ? Qui vient troubler notre sommeil ? J'écarquille les yeux et, dans la clarté de cette nuit de pleine lune, je découvre le grand prêtre inca qui danse et chante autour de notre campement. Il ressemble comme deux gouttes d'eau au grand prêtre de l'Inti Raymi. C'est un chaman, porteur de paix et d'harmonie, un être de paix et de sagesse. Curieusement il ne m'effraye pas, au contraire, sa présence me rassure. Il tape sur son tambour, doucement, lentement, à rythme régulier, s'approche de nous, me regarde droit dans les yeux, s'éloigne, revient sur la pointe des pieds, toujours en dansant. Il danse et danse encore le chaman, jamais ne se fatigue. Il danse et son regard noir me rassure. Son chant terminé, il nous souffle dessus et son soupir porte en lui toutes les ondes bienveillantes venues de la nuit des temps, forces telluriques des civilisations anciennes oubliées dans les dernières vallées de la Cordillère des Andes. C'est sa bénédiction. Nous sommes protégés pour la suite de notre parcours. Blotti dans mon, sac je ne bouge pas d'un cheveu. Je ne pense même pas à réveiller mes amis.

Chaman porteur de paix et de bonheur, tu nous as reconnus comme tes semblables, comme des êtres de sérénité et d'amour. Tu viens nous offrir ton message. Danse, chaman, danse ! Virevolte ! Sautille ! Tes yeux de feu incendient le sommet du Huayna Picchu. Danse, sorcier, danse, et emporte-nous dans ta transe ! Et il danse le sorcier, et il danse sans se fatiguer jamais, et il joue du tambour, et il cogne et il frappe son tambour, encore et encore. Je ne le perds pas de vue, fasciné par sa sarabande, jouissant de ce rite millénaire. Mes amis n'ont pas bougé d'un cheveu, de vrais morts. Il m'offre un rythme hypnotique, pour moi seul. C'est le rythme de mon cœur, le rythme de ma vie, doucement et sûrement.

Avant de disparaître, dans un dernier pas de danse, le chaman lève ses bras dénudés vers les étoiles et une pluie de feuilles de coca retombe sur nous lentement, se pose sur nos sacs de couchage, s'étale sur le sol, sur les rochers.

Il repart comme il est venu, s'estompe entre les rochers, s'évapore dans le ciel. L'écho de son tambour rebondit encore et encore entre les montagnes, puis se dissout lui aussi dans le murmure du vent.

Ai-je rêvé, ou, seul témoin, un sorcier venu de la nuit des temps m'est apparu ? Je n'en sais rien. Je ne sais plus où est la réalité, où est le fantasme, où est l'illusion, où est le rêve.

Je me blottis entre mes amis et me rendors, apaisé.

Le réveil est douloureux. Les premiers rayons du soleil

effleurent les sommets qui changent de couleur lentement, passent du noir au gris, du gris au doré, au brun, au vert foncé. La lumière atteint mon visage, se force un passage entre mes paupières, réchauffe mes lèvres, m'oblige à quitter mon sac douillet. Je n'ose pas bouger. J'ai mal dans tous mes membres, le corps rompu et courbaturé par cette deuxième nuit à dormir à la dure. Comme mes amis j'ai froid et la faim me tiraille, mais je le garde pour moi. Quand j'ai faim, je pourrais m'offrir sans aucune honte un petit-déjeuner somptueux, même entouré d'Américains braillards à la terrasse d'un hôtel chic. Le routard affamé peut s'autoriser quelques concessions. Pour les provisions, c'est le minimum vital. A part les oranges que nous partageons en vitesse, nous réchauffant en nous frottant les bras et en sautillant un peu sur nous-mêmes, nous n'avons en réserve que les feuilles de coca pour parer aux aléas de la journée. Fumisterie totale ! Nous voilà partis à vivre comme des paysans péruviens, rien à manger, rien à boire, que des feuilles de coca à mâcher ! Pour un essai de symbiose avec la population on aurait pu commencer par mieux mais ce n'est qu'un début.

Nous sommes prêts pour continuer notre périple : sacs de couchage roulés, havresacs refermés, un coup de peigne rapide pour démêler nos tignasses, et go ! en route mauvaise troupe ! Pas question de stagner et d'assister à l'arrivée des rares touristes qui s'aventurent ici. Ceux-là je les éviterai encore une dizaine d'heures. Nous quittons à regret ce point de vue royal, au sommet du monde, posé hors du temps. Et puis nous avons du chemin devant nous pour revenir à la civilisation.

Je quitte en dernier la plate-forme où nous avons mal dormi. Les autres sont partis devant, toujours pressés. Moi, flegmatique, je prends mon temps. Et c'est alors que je remarque les minuscules feuilles de coca. Le sol, entre les rochers et les rares buissons, en est jonché. Elles n'y étaient pas hier soir, j'en suis persuadé. Quelqu'un a dû les éparpiller là, cette nuit.

Notre plan est simple : repartir par la voie nord du Huayna Picchu, via la Temple de la Lune, puis redescendre à travers la forêt tropicale jusqu'à retrouver l'Urubamba qui court au fond de la vallée. Il faudra alors le longer, puis le traverser je ne sais où, puis suivre la voie ferrée pour revenir à Aguas Calientes. Un périple de rêve.

Pour rejoindre le Temple de la Lune, le parcours est facile, une vraie promenade de santé, style pour famille le dimanche après-midi. Aucun problème, le sentier, facile et dégagé, descend en pente douce à flanc de montagne.

Le Temple de la Lune nous attend, entre deux immenses rochers, au fond d'un abri sous roche assez réduit. Cette grotte miniature c'est le monde d'en bas, le lieu des morts et des ténèbres. Pour moi la déception est totale. J'ai sous mes yeux ébahis un véritable désastre : le Temple de la Lune n'est qu'abandon et crasse. Une vraie porcherie. Le temple est à l'abandon, laissé aux malfaisances des visiteurs, un défouloir pour imbéciles qui ne respectent rien. Il sert de toilettes publiques, le sol jonché d'excréments, de papiers gras se baladant au gré du vent et de bouteilles en plastique, les murs millénaires recouverts d'inscriptions au feutre, de graffitis débiles et de gribouillages en tout genre. Plus de doute à avoir, nous sommes dans un lieu hanté par des humains morts-vivants, des ersatz d'humains. C'est impensable. Mon esprit a du mal à comprendre, je ne pensais pas trouver un tel décor nauséabond. Les Incas se retournent dans leurs tombes.

Quelle tristesse. Un tel spectacle est à vomir. L'humain me décevra toujours. Prendre des risques pour venir jusqu'ici, et y laisser des détritus, quelle misère humaine ! La colère monte en moi, je bous et trépigne. Tant de désolation me met en rogne, me donne envie de pleurer. Définitivement, je ne m'intègre pas à cette humanité. Pour moi qui m'efforce à être amour et compassion pour mes prochains, respecte la nature et environnement, aime le patrimoine et les vieilles pierres, pour moi qui ne laisse pas un papier au sol, même pas un emballage de chewing-gum, qui ramasse même les détritus abandonnés, ce je-m'en-foutisme me met dans une colère noire. Je les déteste ces barbares qui ne respectent rien, qui dégueulassent la nature, je les déteste vraiment. Où que ce soit, ils se croient permis de laisser leurs poubelles, d'abandonner leurs détritus, de poser leurs excréments, de jeter leurs papiers gras. Tant de fois, en Grèce, en France, en Amérique du Sud j'ai été rendu furieux par des dépotoirs et des déjections dans des ruines millénaires. L'être humain a besoin de s'affirmer en salissant son environnement. Comme des chiens qui laissent leurs excréments aux quatre coins de la propriété pour marquer leur territoire. C'est leur style, leur signature. Ils sont lourds et ces maudits laissent leurs traces pesantes partout où ils posent le pied. L'homme moderne considère son passé avec tellement peu d'intérêt qu'il se croit souvent autorisé de dire « Je m'en fous de ces vestiges, je peux les dégueulasser, y laisser mon nom gravé, avec la date du jour. Après moi le déluge… ».

Fin des années soixante-dix, explosion des vols charters, tous à courir la planète, avènement du tourisme de masse et ses hordes d'excursionnistes qui envahissent la planète. Le village global cher à McLuhan devient un sacré foutoir. En deux mots : horreur généralisée. Nous, encore un peu sains d'esprit, nous avons du mal à nous frayer un passage dans cette barbarie en devenir. Pour ma part, enfant des années cinquante et soixante j'assiste anéanti à l'avènement de la bêtise généralisée. Je détesterai toujours ce monde de profits et d'irrespect.

La descente du Huayna Picchu via cette face nord est plus corsée que l'ascension. Passé le Temple de la Lune et sa pitoyable décharge à ciel ouvert, le sentier pour rejoindre la rivière devient invisible. Moins fréquenté, j'ai du mal à le distinguer sous la végétation. A nous de nous débrouiller pour trouver le passage, à la pure intuition. Et c'est pas gagné. La descente n'est plus qu'un parcours dangereux, près d'un abîme de plusieurs centaines de mètres et il vaut mieux regarder où nous posons les pieds, ne pas relâcher l'attention une seconde. Un faux pas et c'est la chute assurée. Calme et prudence sont de rigueur. Heureusement que je n'ai pas le vertige, je serais déjà arrivé au fond du ravin. Nous progressons lentement, sur un passage de plus en plus étroit à flanc de montagne, nous accrochant à des rochers acérés. Edda et Ulla s'amusent à me photographier, en pleine acrobatie, bataillant avec les cheveux sur les yeux et le sac de couchage accroché sous ma musette trop lourde. Sur la photo je souris mais je ne roule pas des mécaniques, pas rassuré avec ces chaussures qui glissent sur le moindre caillou, affamé et sans savoir où nous allons. Heureusement que je ne suis pas seul. Ce périple fou pour quitter la zone archéologique je ne l'aurais pas entrepris tout seul. Trop risqué. La présence de mes compagnons de folie me rassure. Nous nous dirigeons vers l'Urubamba, encore éloigné, plus bas, au fond de la vallée. Nous en sommes encore loin. Aventuriers occasionnels, dans quelle randonnée nous sommes-nous embarqués ?

Après les rochers et les pierres, le chemin devient soudain plus plat. Nous descendons toujours vers le fleuve, à travers la forêt dense, sans nous poser de questions. Un seul mot d'ordre, un seul, descendre, aller toujours plus bas, sans trop réfléchir, rejoindre le fleuve. Comme une horde de soldats en déroute, nous avançons inexorablement vers l'Urubamba qui nous attend là, en bas. A la mi-journée, bien harassé, je n'en peux plus. Le paysage est grandiose, la nature un vitrail vivant de sons et de couleurs, mais mort de faim et assoiffé, je n'aspire qu'à me poser dans un recoin paisible et dormir d'une bonne sieste. J'ai beau mâcher des feuilles de coca, la fatigue est là. Je la ressens dans mes genoux et dans mes épaules. Nous descendons toujours. Je m'accroche à des branches et à des racines dans les endroits difficiles, pour dévaler plus vite vers le fleuve, si je pouvais je roulerais comme une pierre folle, sans retenue, jusqu'à atteindre l'Urubamba plus vite.

Enfin je l'entends tout proche. Il est là. Son grondement m'appelle. Je touche enfin au but. J'accélère le pas, me faufile entre les dernières racines, laisse à ma gauche un imposant amas de rochers. Je vole quasiment, engageant mes dernières forces dans cette bataille contre moi-même.

Dernière épreuve, les abords du fleuve, zones humides et marécageuses plus touffues, sont difficiles à traverser. Je patauge dans la boue, avance lentement, sans savoir par où me faufiler. La rivière est là, devant moi, à quinze mètres. Je ne la distingue toujours pas mais j'entends son chant rassurant. Dès que j'écarte les dernières herbes, le sourire de mes amis m'accueille. Eux, aussi crasseux que moi, aussi ruisselants de sueurs, aussi affamés et assoiffés. Je suis rassuré, nous avons parcouru la première partie du chemin du retour. Je suis au fond de l'abîme mais sans avoir chuté le long de Huayna Picchu. Traverser ce monde sauvage, sans même une machette pour ouvrir un chemin décent, n'était pas d'une évidence absolue, avec, pour corser l'épreuve, des passages ardus et dangereux. Mais après quatre heures de sport nous voilà réunis sur une plage de galets, dans une boucle de la rivière, allongés et rêveurs, chassant la fatigue, immobiles et silencieux.

Je ne referai pas ce parcours tous les jours, promis juré. Je laisse ce périple à plus sportif que moi. Fracassé, je n'ai qu'une idée en tête, une seule idée qui m'obsède, rester au sol et dormir des heures. Joseph et les trois filles sont lessivés eux aussi. Pas besoin de grand discours, je le devine à leurs têtes de morts-vivants.

Heureusement, l'Urubamba, avec son eau fraîche et ses remous qui viennent se fracasser à nos pieds, nous attend pour nous laver et nous réconforter.

Cher Urubamba, témoin des peines de l'Inca Manco Capac, tu portes encore en toi ce jour-là les larmes de Tupac Amaru, et tu emportes dans tes flots notre fatigue d'enfants perdus dans la jungle, se créant des vécus pour devenir adultes.

Cher Urubamba, j'aimerais garder un souvenir de toi. J'ai moi aussi des photos que je pourrai contempler quand je voudrai, j'aurai des images que je retrouverai au fond de mon esprit, qui sentiront bon l'amitié et le bonheur. Je ressentirai encore longtemps ta saveur glaciale, ton eau courir sur mon corps. Aujourd'hui elle régénère ma carcasse fatiguée.

Cher Urubamba, témoin de mes interrogations et de mes questionnements, je suis un autre par ta magie et ta bienveillance.

Étendus sur la rive pendant une heure, silencieux, reprenant nos forces, nous contemplons le ciel de la cordillère, loin des groupes de touristes qui visitent le Machu Picchu et ne se risquent pas jusqu'ici. C'est un parcours réservé à des aventuriers de notre espèce, à la limite de l'inconscience.

Nous nous trouvons seulement à la moitié du chemin, loin encore d'Aguas Calientes et d'un repas honnêtement gagné. Nous attendent deux kilomètres de marche en bordure de rivière, trouver le pont et suivre la voie ferrée.

Fatiguées, et pressées d'en finir, Ulla et Edda abandonnent la place les premières. Elles veulent rejoindre le village pour se reposer et se restaurer. Je les comprends. Je me lance ensuite, passe de rocher en plage de galets, de plage de galets en forêt, saute entre des pierres, marche à cinq mètres de la rivière ou m'éloigne de sa rive quand le passage est obstrué par d'énormes blocs de plusieurs tonnes. Quand je le peux je parcours des sentiers pour aller plus vite. C'est sûrement des passées, laissées par des animaux sauvages. Je veille à ne pas trop m'éloigner de l'eau. C'est mon repère. Et quand la piste s'estompe, trop difficile à trouver, je me risque quand même les pieds dans l'eau, pas loin de la rive, avec grandes précautions. L'Urubamba est mon ami mais je me méfie de l'eau qui pourrait cacher un trou trop profond, un piège aquatique, des rochers trop glissants.

Je marche toujours seul. Joseph et Hanna sont loin derrière moi. Même en groupe, même avec des amis précieux, j'ai besoin de ces moments de solitude, besoin de prendre du recul. Les groupes et associations m'ennuient, les partis politiques et rassemblements me fatiguent. Le collectif m'assomme, je fais ce que je veux quand je veux. Tout groupe de plus de dix personnes me semble suspect. Je ne marche pas dans le troupeau, je ne bêle pas avec les moutons.

Le long de ce périple, des idées surgissent, m'assaillent, agacent mon esprit, ne me laissent pas en paix. Des sentiments remontent à la surface, vieilles peurs et angoisses toxiques. L'esprit travaille au rythme de mes pas. Les péripéties vécues depuis trois mois défilent sur l'écran de mes paupières. Questionnement. J'ouvre les fenêtres de mon cerveau et les portes de ma perception.

Pourquoi suis-je là ?... A quoi je dédie ma vie, quel est le but de mon existence ? Je ne trouve aucune explication… Les images se brouillent, se mélangent. Qu'est-ce que je cherche au fond ? Pourquoi suis-je sur ce chemin, là, à galérer, à chercher Dieu sait quoi, Dieu sait qui ? Il doit y avoir une raison qui m'échappe encore. Images de mon enfance, obsessionnelles, je ne peux pas les oublier, même pas la peine d'essayer… Enfant je voyais de jeunes gens aux cheveux longs qui passaient devant la maison de mes grands-parents… Ils pratiquaient l'auto-stop pour aller vers les plages... La famille, autour de moi, leur jetait des regards mauvais. Nous n'étions pas loin de la haine... Ils ne comprenaient pas que l'on puisse se déplacer en auto-stop, avoir d'autres façons de gérer sa vie, ne pas avoir envie de vivre comme eux... Et maintenant, j'ai la même allure que ces jeunes-là, sac à dos et cheveux longs... Qui me lance à mon tour des regards de fureur ? Qui ne me comprend pas ? Je marche le long d'une rivière, au fin fond de l'Amérique du Sud, je vis dans une maison d'amour et de paix, crapahute sur les routes du Pérou, sans trop savoir ni pourquoi ni comment... Quelle force surnaturelle me pousse en avant, me force à agir ? C'est sûrement en voyant passer ces « hippies » et en écoutant ma famille venimeuse que m'est venue l'idée de vivre comme eux. Je me suis toujours mis du côté des bannis... La curiosité de trotter sur la planète m'a envahi... Je suis affamé de voir le monde et de connaître d'autres peuples... J'avance, Ulysse universel, j'avance sur ma route et je sais que le plus fort n'est pas d'arriver mais le chemin parcouru...

Une bonne heure de marche le long de l'Urubamba vaut trois heures de promenade sur un chemin de campagne, croyez-moi. J'arrive dans un sale état à une baraque de planches et de tôles. Sauter de rochers en caillasses, zigzaguer entre les arbres et patauger dans la gadoue ont eu raison de ma patience. Un chien au regard mauvais grogne en me voyant, attaché à un piquet. C'est le point stratégique pour traverser l'Urubamba, le chemin s'arrête là, impossible d'aller plus loin sur cette rive.

Un frisson parcourt mon dos en sueur. Terreur : il n'y a pas de pont, juste un câble, des cordes et une nacelle branlante, une tyrolienne rudimentaire et un sale moment en perspective.

Un vieux type surgit de la tanière, bouteille à la main. Sale et peu conciliant, il me toise sans complaisance, fronce les sourcils, et m'annonce la couleur en un espagnol à peine compréhensible.

— L'autre côté ? Trente soles !

Je lui tends un billet de cent.

— J'ai pas de monnaie, me rétorque-t-il, toujours sans sourire

Cent soles, c'est le triple du tarif. Nous nous regardons perplexes. Le routard à budget réduit qui parcourt ces contrées devrait le savoir, toujours avoir de la menue monnaie sur soi. Je suis le parfait amateur. C'est le b.a. ba pour ne pas tomber dans des arnaques. Le peuple de la rue, marchands ambulants et vendeurs au marché, chauffeurs de bus ou de taxis, n'ont jamais de monnaie.

— Je vous rendrai la monnaie la prochaine fois, ajoute-t-il sûr de lui, sur un ton qui n'admet pas de réplique.

— Mais quelle prochaine fois ?

Si celui-là croit que mon projet est de passer ici tous les quatre matins il se trompe. Je suis sûr qu'il a la monnaie. Bien essayé mon coco, mais pas avec moi, l'astuce ne prend pas. Faudra arnaquer quelqu'un d'autre.

— J'ai des amis qui arrivent. Un couple. Ils seront là dans un moment pour traverser. Je paye pour eux. Et gardez la monnaie !

Je lui décris Joseph rapidement, avec son poncho rouge. Le passeur met le billet dans sa poche. Même pas un merci ou un sourire, ça lui arracherait sûrement la gueule. D'un coup de menton il m'indique que c'est par là que ça se passe.

Ce type je le reconnais. C'est Charon. Il va m'aider à traverser l'Urubamba devenu le Styx. Revenu du monde des morts, des enfers et des ténèbres, je retourne vers les vivants. J'ai de quoi payer le passage, la traversée devrait se passer sans problème.

Ce drôle d'individu m'explique alors le procédé que j'ai déjà compris, hélas ! Pas besoin d'un dessin mon lascar, j'ai pigé ce qui m'attend. Le voyageur traverse assis sur une minuscule plateforme de planches, suspendue au câble par une poulie, à cinq ou six mètres en dessus des flots. Le câble fonctionne avec un système de treuil manuel. Horreur totale ! Me voilà dans de beaux draps ! Je n'ai pas vocation d'acrobate et ne suis pas sportif pour deux sous. Le type actionne l'ensemble avec des cordes et envoie les passagers sur l'autre rive, ou les ramène par ici, réduits à l'état de ballots de marchandises. Il n'y a pas d'autre solution, soit on en passe par là, soit on reste vivre sur cette rive ! Ou on se retape le chemin à l'envers et on revient par le Machu Picchu ! En dernière issue, à la rigueur, l'intrépide de service peut aussi rejoindre l'autre rive à la nage. J'ai beau chercher, je ne trouve pas d'autre solution que de m'asseoir là-dessus et faire le signe de croix.

Une fois sur la planche, pas rassuré, je commence à trembler. Le salopard sadique s'en rend compte et un sourire moqueur passe sur son visage. Pervers le passeur ! Suspendu à ce mécanisme, à cinq mètres au dessus du fleuve, à la merci de ce vieux qui me semble dans un état second, je n'ai plus qu'à rester confiant. Je serre mon sac contre moi et ne perds pas de vue la poulie et les cordes. Ne pas penser au pire. Il me lance un autre coup d'œil rapide, pose sa bouteille par terre, rajuste sa clope aux coins de ses lèvres et se saisit des cordes. Et me voilà parti pour la grande traversée. Urubamba, fougueux à cet endroit, gronde sous mes pieds, l'eau tumultueuse bouillonne entre les rochers. Une chute ici et c'est la mort assurée, emporté par le courant. La nacelle avance lentement, trop lentement à mon goût, se balance d'avant en arrière. Pourvu que le foutu câble soit solide. L'autre rive se rapproche et j'évalue la distance restante. C'est long quinze mètres quand on est suspendu à un fil, à la merci d'un pervers un peu ivre, croyez-moi. Mes yeux sont toujours fixés sur l'autre rive. Soudain le type arrête de tirer et me laisse bloqué au milieu du fleuve, me balançant au gré du vent, entre les deux rives.

Allons bon, c'est quoi le problème maintenant ? Bon sang, je suis un terrien, j'ai besoin d'avoir les deux pieds posés au sol. Je préfère la terre ferme que le bruit de l'eau et le joli paysage.

Je suis bloqué là, en hauteur, au milieu de l'Urubamba, dans cette position anxiogène avec une peur viscérale de regarder vers le bas. Le gars s'offre une pause pour ingurgiter de son eau-de-vie, salement, directement au goulot. La situation n'est pas rassurante, plutôt génératrice d'angoisses, de tripes qui se tordent, de sueurs froides. Enfin il ressaisit la corde et finit de m'amener sur l'autre rive. Merci pour le voyage, mon ami, merci beaucoup, mais je ne renouvellerai pas l'expérience. Les rares autochtones qui traversent par là doivent avoir l'habitude, pas moi. J'accepte de jouer le héros, le décor s'y prête, scénographie andine magnifique, scénario ciselé, acteurs au top de leur forme, mais encore faut-il du public et un machiniste moins approximatif.

La voie du chemin de fer vers Aguas Calientes est la terre promise, assurance de retour à la vie normale, repas et repos. Pressé d'en finir, je trace ma route entre les rails, comme une machine, un pas après l'autre, un vrai robot, assoiffé et harassé par cette journée d'aventures et d'émotions. A ma grande surprise j'ai encore la force d'avancer. Se lancer dans ce périple avec le ventre vide, deux jours sans rien à boire, sans provisions, fallait oser. Voilà une belle bande d'amateurs en virée ! Les lumières des premières baraques d'Aguas Calientes dans une dernière boucle de l'Urubamba me rechargent en énergie. Je presse le pas avant que ne se dissipe le mirage dans ce crépuscule andin.

J'arrive dans la nuit noire. Ulla et Edda m'attendent dans un restaurant. Joseph et Hanna arrivent plus tard, eux aussi dans un état peu enviable. Nous sommes affamés et sales, mais fiers de notre exploit.

— J'ose espérer que vous n'avez pas payé les deux traversées de la rivière. Je lui ai laissé cent soles.

Évidemment, je m'en serais douté, ce vieil arnaqueur s'est bien gardé de leur dire que j'avais payé pour trois personnes. C'est de bonne guerre. Les touristes sont rares sur ses planches, et puis du coup il pourra se payer une bouteille d'alcool et la boire à notre santé.

Les filles ont réservé des lits dans un hôtel. Après une bonne douche réparatrice je ne tarde pas à m'endormir. J'ai hâte de revenir à Ollantaytambo, de rentrer à la maison.

On est toujours mieux chez soi pour se refaire une santé.

Retour à Ollantaytambo

Tchic tchac... tchic tchac..., les roues du train battent la cadence sur cette voie ferrée d'un autre temps, tchic tchac... tchic tchac... Je somnole entre la porte et le couloir du dernier wagon, bercé par cette musique répétitive, tchic tchac... tchic tchac... Le train en Amérique du sud, école de la patience.

Joseph et Hanna ont décidé de rester à Aguas Calientes un jour de plus. Ulla, Edda et moi, nous avons réussi *in extremis* à monter dans ce wagon, le train des indiens, le train de la populace, train d'un autre temps qui n'a rien à voir avec le bel express des touristes, train premier prix, sans place de libre, train lent et malodorant, à ras bord de femmes en route pour Cuzco, en route pour faire du business, chargées des ballots d'artisanat aussi gros qu'elles, train envahi de main-d'œuvre agricole, mal logée et mal payée, d'ouvriers tristes, au stade ultime du lumpenprolétariat, rejoignant des chantiers lointains, train bondé de familles entières rendant visite à d'autres familles, à des parents éloignés, train truffé d'étudiants joyeux redescendant à la ville pour des études inévitablement inutiles. Les wagons sont bondées plus qu'il est normal, voyageurs debout dans les allées entre les sièges, incapables de bouger, serrés comme des sardines, comme des moutons dans un camion direction l'abattoir. Notre monde en déplacement, univers auquel je refuse de participer.

Nous passons les deux heures de voyage debout près de la porte, amusés de ce foutoir surréaliste. A chaque arrêt de ce tortillard de troisième zone, des voyageurs jouent des coudes, se poussent et s'engueulent, nous bousculent sans aucune retenue, ouvrent et ferment les portes en s'énervant. Ils descendent enfin après avoir jeté leurs baluchons dérisoires par les fenêtres.

Les contrôleurs, quant à eux, ne peuvent pas accomplir leur besogne. Bloqués en plein milieu du wagon par une populace furieuse demandant plus de wagons, ils s'escriment en vain à calmer la foule énervée. Le ton monte vite, impossible de voyager dans ces conditions. Il ne leur reste plus qu'à sauter par les fenêtres pour sauver leurs peaux, sous les cris et les huées des vieilles Péruviennes déchaînées. Voilà la détresse d'un continent. La misère s'en prenant aux représentants d'un système vérolé, d'une compagnie de train désinvolte.

Ne nous surprenons plus de rien, c'est l'Amérique latine.

Au bout du chemin, notre maison et notre balcon n'attendent que nous, promesse de paix et de tranquillité. *Home sweet home*. Nous reprenons un rythme normal, les activités habituelles : se laver à la rivière, cuisiner un grand plat de riz qui nous rassasie, se promener dans les rues d'Ollantaytambo, vaguer et divaguer. Pour ma part, écriture et lecture d'Arthur Rimbaud, une fois de plus, assis à la fenêtre de notre chambre. Le village et ses ruelles désertes, dès que tombe la nuit, ne sont que calme et silence. Aucune voiture, pas de touriste, nous ne risquons pas d'y entendre une autre langue que du quechua ou de l'espagnol. Ça nous change d'Aguas Calientes et du Machu.

Ce soir, en ce jour d'août 1978, la fée électricité est apparue pour la première fois à Ollantaytambo. Les travaux sont enfin terminés. Des fils relient les habitations, traversent les rues. Six lampadaires déjà désuets éclairent les maisons aux murs chaulés du centre du village. Fini les rues dans le noir du crépuscule à l'aube libératrice, fini la chape de ténèbres rendant le chemin difficile, le moindre pas approximatif. Est-ce un effet du hasard, mais les vendeuses de punch qui s'installaient sur la place à la tombée de la nuit ne sont plus là. Elles vont nous manquer. Le soir, c'était le point de rendez-vous des promeneurs qui, comme nous et tels des papillons de nuit attirés par la lueur des lampes électriques, venaient boire leurs petits verres d'alcool chaud pour se réchauffer de l'air frais de la cordillère. Délicieux verres d'alcool parfumés aux saveurs de fruits et d'épices, notre rituel pendant notre promenade du soir, un instant social pour échanger avec d'autres clients. Aujourd'hui, premier soir où la ville est illuminée, la place est déserte. Personne. Pas âme qui vive. C'est impressionnant. Seul traîne un chien, affolé par tant de lumière. Tête baissée, il ne reconnaît plus son univers et va son chemin sans s'occuper de nous. Nous ne sommes pas dans son monde. Une camionnette passe en trombe, sans ralentir, soulevant la poussière des derniers travaux. Tout est trop propre, moderne et lumineux. Propre mais vide. La modernité a chassé la vie rustique. Premier jour du début de la fin. Dans quarante ou cinquante ans, quand la ville se sera livrée sans honte aux excès du tourisme et de la modernité, nous pourrons dire que nous étions là le premier jour de la catastrophe. Dorénavant, de nouvelles habitudes viendront remplacer les anciennes. Dès aujourd'hui c'est foutu à Ollantaytambo. Voilà, c'est une autre civilisation, une page est tournée, un autre monde arrive. Évidemment les enfants auront de la lumière pour leurs devoirs scolaires, pour lire et étudier, le confort viendra dans les maisons, aidera les Péruviens dans leur quotidien, l'électricité fera tourner les machines à laver de ceux qui auront assez d'argent pour se les offrir. Mais avec cette fée diabolique débarquera aussi l'inutilité du monde moderne, télévisions et objets superflus. Ceux qui le pourront, et ils le pourront vite, n'auront plus le temps pour bavarder avec les voisins, ah quoi bon, plus de temps pour se retrouver avec les amis, plus une minute pour recevoir la famille. Ils seront accaparés par la modernité. Ils ne sortiront plus le soir et resteront entre leurs quatre murs, sans se parler, assis côte à côte au lieu d'être face à face, enfermés devant la boite bleue, à gober des programmes débilitants, des séries policières américaines, à écouter des insanités, des bulletins d'informations alarmistes et déprimants, des jeux télévisés idiots et les inévitables *telenovelas* sirupeuses qui n'en finissent jamais, entrecoupées de publicité qui leur donneront envie d'acheter ce dont ils n'ont pas besoin.

La modernité et le progrès n'ont pas que du bon.

Quand la nuit a complètement recouvert le village de son aile noire et que, sûrs que personne ne passera devant chez nous, nous nous reposons de cette visite au Machu Picchu en jouant de la musique sous les étoiles. C'est notre façon à nous de rendre hommage à la nuit éternelle, au ciel étoilé, aux astres, aux êtres vivants. Nous remercions l'Univers de nous avoir donné la chance de vivre ce que nous vivons. Les constellations de l'hémisphère sud sont notre décor quotidien, l'Oiseau de Paradis et le Poisson volant dansent avec la Colombe et le Toucan. De notre balcon surplombant la vallée, si près de l'Urubamba, nous les observons, imaginant notre avenir. Instants précieux gravés à jamais, brillants comme de l'or dans nos cœurs, jusqu'à la fin de nos jours. Que serons-nous dans quelques années ? Vers quels rivages merveilleux va nous pousser le flot de la vie ? Qu'importe ! Un fil d'argent, brillant comme un diamant, nous reliera toujours à notre maison de la cordillère.

Dans la nuit, assis au bord du balcon les jambes dans le vide, j'entends l'eau qui court le long des maisons. Elle nous chante un poème inoubliable. Il se grave dans nos esprits. Je sais qu'il faudra partir dans quelques jours, laisser Ollantaytambo et notre refuge pour d'autres chemins. Je refoule cette idée, voulant profiter de chaque instant du présent. Chaque minute compte, chaque instant de bonheur est à savourer.

Je me délecte de cette douceur, demain est un autre monde.

Plus fort que les photos des ruines et les clichés pris autour de chez nous, plus intense que les textes que je pourrai écrire plus tard, il y aura toujours notre histoire, une belle histoire d'amitié qui ne pourra jamais s'oublier, jours intenses que nous avons vécus un jour près de l'Urubamba. Dans deux jours nous quitterons la maison et chacun partira courir d'autres lieux et d'autres terres avec son histoire, ses souvenirs, ses images gravées dans son âme. Nous emporterons avec nous, dans nos cœurs, un peu de cette maison.

Nous, où que nous soyons, nous sommes les preuves

vivantes qu'en cette terre, le meilleur est toujours possible et réalisable par les hommes de bonne volonté, ceux qui cherchent la paix universelle. Notre terre est remplie de lieux magiques où chacun peut s'illuminer de paix et se remplir d'énergies positives, peut atteindre des états de possession, de transe, de conscience amplifiée, d'illumination spirituelle, de communion puissante et mystique avec les forces de la nature.

Je partirai tranquille. Où qu'ils soient, mes amis continueront à vivre comme dans cette petite maison blottie au bord d'un village, comme sur ce balcon sur l'Urubamba.

Le sommeil nous amène plus loin que le Machu Picchu, plus loin que la France, que l'Espagne et que le Danemark, plus loin encore que les dernières vallées perdues des Andes, plus loin que les dernières rivières de l'Amazonie, plus loin encore que le dernier regard du dernier chaman joueur de tambour du Huayna Picchu.

Cinq matins après notre retour du Machu Picchu je quitte la maison le premier.

C'est une déchirure.

Fête rurale à Urubamba

De couleurs vives, jouant avec des tons de rouge, rouge carmin, rouge vermeil et rouge vif, rayés de vert profond, de jaune étincelant et de bleu azuréen, époustouflante symphonie de couleurs sur les ponchos et les gilets brodés des paysans quechuas qui m'entourent. Gris et jaune, les chapeaux, les bonnets folkloriques. Noirs, cousus de rubans ocre et mauve, à cordelettes rouges ou roses, dansant sous mes yeux, les jupons des indiennes. Un monde de couleurs caracole autour de moi, une nuée de feux-follets s'amusent avec mon esprit et m'enivrent. Je me perds dans les tons de ce monde primitif, traverse un arc-en-ciel folklorique, une féerie jamais imaginée, le grand vitrail polychrome du peuple quechua.

J'ai quitté avec tristesse mes amis Joseph, Ulla, Edda et Hanna. Un minibus m'a arraché d'Ollantaytambo et m'a abandonné à Urubamba, autre village de la Vallée Sacrée, carrefour de routes vers les villages indiens, où le fleuve du même nom, mon ami pour toujours, se faufile entre ruines sublimes et paysages solennels. Point minuscule, insignifiant, perdu dans un décor de film trop grand pour moi, digne des plus grands films hollywoodiens, petit humain sur cette terre, je ne reste pas en place. Je vis en mouvement.

Tel Ulysse, le cheminement est ma raison d'être, je construis mon Odyssée chaque matin que Dieu fait.

En ce troisième dimanche d'août, comme tous les ans, les Quechuas se réunissent à l'entrée du village, dans une grande plaine typique de l'altiplano où le regard se perd à l'infini, pour des festivités et des libations, avec processions religieuses, musiques folkloriques entêtantes, eau-de-vie rustique coulant à flots, bières locales pas trop fraîches, plats traditionnels épicés dont du cuy avec des patates grillées et l'inévitable *chicha morada*. Une multitude d'hommes, femmes aux grands sourires et enfants quechuas, beaucoup d'entre eux avec leurs costumes typiques, descendus des montagnes ou venus des villages environnants dans la vallée, se presse ici, à cette fête ancestrale annoncée nulle part. A quoi bon l'annoncer, puisque tous les autochtones savent depuis cinq siècles qu'elle aura lieu et qu'elle n'est pas destinée aux étrangers. Des paysans, habillés plus chichement, avec des tuniques de laine, des anoraks élimés et des pantalons de toiles noires ou bleues, heureux de s'y retrouver, se donnent de belles accolades, se serrant forts les uns contre les autres. Sous mes yeux transportés par tant de vérité pure, se tient un monde cloisonné, société de traditions séculaires, où chacun a son rôle à jouer et s'y tient, régi par des lois non écrites, avec des principes et des règles immuables, respectées de tous et faisant consensus. Les hommes sont entre eux, debout, buvant jusqu'à plus soif et s'esclaffant d'un rien, jamais trop éloignés des groupes de femmes assises par terre, entre elles, riant de bon cœur et dont les plus audacieuses vident discrètement de petits verres d'alcool à la même vitesse que leurs compagnons. Comme dans toute fête, les enfants en pleine liberté circulent d'un côté et de l'autre, courent et bondissent en criant. Un jour de fête c'est un jour de relâchement, un jour de liberté.

En fin de matinée, arpentant la route qui mène à Cuzco et m'essayant une fois de plus à l'auto-stop, j'ai découvert par hasard ce grand rassemblement authentique et non contaminé par le tourisme. Ce doit être mon jour de chance.

Voilà un cadeau du ciel, un signe sur mon chemin. De l'authenticité à l'état pur. J'enlève ma carapace et je me perds dans cette foule colorée. Rien d'autre à attendre de la vie.

En simple voyeur, n'osant pas m'approcher, j'observe ce rassemblement de loin, en restant sur le bord de la route où je tends le pouce aux rares voitures.

Seul étranger dans le décor, pour passer inaperçu j'aurais dû m'habiller comme un Quechua, mais aujourd'hui c'est loupé. Malgré mon poncho gris et beige, en laine d'alpaga, acheté sur le marché de Cuzco à une vieille indienne, je suis facilement repérable, avec mes cheveux longs, mon jean délavé et mon sac à dos bleu ciel.

N'en pouvant plus et poussé par la curiosité, je traverse la route et m'aventure entre cette foule.

Des familles entières sont installées devant la porte de l'unique construction, une minuscule église en pisé et à la toiture usée, apparemment en rénovation. A l'intérieur de cette humble église aux murs intérieurs blanchis à la chaux, je découvre une vingtaine de bancs rudimentaires, des statues des saints, et des Péruviennes en dévotion, à genoux devant un immense Christ en croix éclairé de bougies tremblotantes. Dans des encensoirs de cuivres noircis par le temps, brûlent de l'encens et des herbes rares aux effluves enivrants. L'odeur âcre du copal enveloppe mon corps, pénètre dans mes cheveux, nuage purificateur. Comme par miracle les clameurs extérieures n'arrivent pas entre ces murs de dévotion. Les vieilles femmes balbutient des prières incompréhensibles en regardant le Christ droit dans les yeux. Tant de ferveur ne me laisse pas de marbre, au contraire. Je comprends sur-le-champ le sens du mot béatitude. Elles aussi, comme les routards abusant de produits psychédéliques, elles tiennent de grands discours à Dieu.

Dehors, autour de l'église, des hommes préparent des feux de bois dans des cercles de pierres et d'autres femmes, accroupies, cuisinent dans de grandes gamelles. Voilà un foutoir magnifiquement organisé qui se répète depuis des générations. Leurs parents, et avant eux les parents de leurs parents, sont venus ici, près de l'Urubamba, participer à cette fête de l'été, célébrations des moissons, hommage à la Cordillère, toujours loin des préoccupations du monde contemporain.

Tenaillé par la faim, une action s'impose. De bonnes odeurs de cuisine, fumets de viandes grillées, de sauces piquantes et d'herbes aromatiques, osent chatouiller mes narines. C'est une provocation culinaire. La question n'est plus de savoir si je vais craquer pour une assiette de patates et de viande rôtie, mais combien de temps vais-je résister. Pourquoi résister d'ailleurs ? Un bon plat traditionnel, préparé avec amour me remonterait le moral.

Sur l'esplanade, devant l'église, une procession s'achève dans le désordre le plus complet. Dans ces élans populaires rien n'est ordonné, les grandes lignes sont connues depuis des lustres, mais les détails se dessinent au coup par coup, selon les envies du moment. Une vague de mysticisme et une chaude ferveur l'emportent sur tout autre sentiment rationnel, comme à l'intérieur de l'église. De robustes Quechuas aux habits blancs brodés de motifs colorés terminent le parcours traditionnel sur l'altiplano. Ceux-là sont des privilégiés, la crème de la crème, choisis parmi les plus robustes et entre les plus croyants, ils transportent sur leurs épaules un catafalque de bois rudimentaire avec la statue de la Vierge fixée dessus, s'arrêtent devant la porte de l'église et le posent à cheval sur des tréteaux rudimentaires. Avec sa robe de soie, son manteau blanc brodé de perles et d'or, et sa couronne de pierres précieuses, bienveillante pour son peuple, elle sourit imperturbablement à la foule dévote. Des vieilles femmes édentées, en haillons, les plus pauvres parmi les pauvres, aux doigts tordus et aux cheveux gris, visiblement dans un état second et entraînées par leur foi, se précipitent pour toucher son front, caresser ses habits, implorer sa grâce. Elles se bousculent, se poussent, se chamaillent, chacune cherchant à être la première à capter les énergies de la sainte. Dès que leurs mains noueuses ont touché les habits brodés de la statue au visage brun, elles les portent à leur visage, en transe, se signent en balbutiant des prières en quechua. Cette sainte vierge réalise des miracles, je ne trouve pas d'autres explications à cette ferveur.

Une clique de tambours, charangos et flûtes, entourée d'une dizaine de danseurs gesticulants, habillés de couleurs vives et aux masques de diables rouge et noir, martèle une rengaine qui se répète au bout de deux minutes. *Ta ta taaaa ta ta tata.* C'est un refrain entêtant, facile à retenir, simple à fredonner, de ceux qui vous restent des journées entières dans la tête. Celui-là je le garde en mémoire, involontairement. Il est enregistré, je le chantonnerai plusieurs jours, c'est sûr. *Ta ta taaaa ta ta tata...*Deux musiciens, joliment imbibés, n'essayent même pas de cacher les bouteilles d'alcool. Elles dépassent sans honte de leurs poches. De temps en temps, ils en ingurgitent de belles rasades, au goulot, avidement, en suivant la cadence. Il semble que ce soit une question de vie ou de mort. Ils se repassent la bouteille comme d'autres une cigarette d'herbe. Et la rengaine continue : *ta ta taaaa ta ta tata.* La fumée d'encens dégagée par des encensoirs portés à bout de bras par deux types habillés de blanc et aux cheveux très longs, enveloppe les danseurs et leurs gestes de déments, se répand sur la foule, m'enivre quand le vent la pousse vers moi. Avec la mélodie et la fumée, je suis dans un autre monde, bénédiction de dieux de la cordillère des Andes. Les musiciens chavirent d'un côté, de l'autre, tournent en rond, non stop. Ce n'est plus une danse mais une incantation chamanique, une transe collective qui va emporter la planète dans sa farandole si personne ne l'arrête. Quand, après un long moment, les danseurs sont vaincus par la fatigue et l'alcool, ils s'écroulent les uns après les autres, foudroyés, ivres morts. Ils ne pensent plus, ils ont vidé leurs têtes, jeté leurs corps par terre, inanimés, en léthargie. Les derniers qui tiennent debout déambulent dans la foule, chancelants et mal en point, quémandent deux ou trois soles, puis se dirigent sans pudeur aucune vers une gargote rudimentaire où se trouvent des bouteilles d'un alcool grossier qui pourrait réveiller un mort, qu'ils engloutissent avidement. Cet alcoolisme exacerbé, fléau social qui ravage le tiers-monde, provoque un abrutissement cérébral. Je me suis habitué à ce spectacle assez courant, hélas, d'hommes saouls appuyés au coin de rues, titubant sur les places publiques, soliloquant dans les transports en commun. Ils participent du décor national. Mais aujourd'hui, cette beuverie, venue directement des temps anciens, est plus proche du rituel mystique que de l'animation de fête campagnarde ou de l'ivresse du samedi soir.

Alcool, incantations, fumées d'encens et extases mystiques. Avec ce cocktail extrême, ces paysans de la cordillère des Andes se rapprochent du ciel et des dieux.

Une heure de l'après-midi. La kermesse bat son plein. *Ta ta taaaa ta ta tata.* Bruits, musiques, danses, fumées, foules, cris, tambours battant la chamade et odeurs des plats traditionnels. Je m'approche timidement d'une de ces cambuses provisoires où ils servent à manger sans discontinuer. Des vieux trop inquisiteurs me suivent de leurs regards intrigués. Qui est cet étranger perdu ici ? Parle-t-il espagnol ? Où va-t-il ? Que cherche-t-il ? Sûrement encore un de ces hippies en perdition qui traînent autour de Cuzco. Je commence à les connaître, je lis dans leurs pensées.

Moi, en cet instant, je me moque de ce qu'imagine cette populace en extase, j'ai les jambes sciées par la faim, la soif assèche mes lèvres, j'ai absolument besoin de manger.

Mon sac à dos posé au sol, une vieille femme aux longs cheveux gris en tresses me sert une grande assiette de patates minuscules et noires, recouvertes d'une sauce piquante et entourées de trois morceaux de poulet. Je me jette là-dessus sans trop regarder à l'hygiène. Me voir avaler sa préparation avec une avidité peu commune lui cause une joie intense, non dissimulée, et de la fierté vis-à-vis des autres cuisinières. Du coup, sourire en coin, elle me sert une deuxième assiette de patates, remplie à ras bord. Hors de question que celui qui arrive chez elle affamé ne reparte pas rassasié, c'est une question d'honneur. Elle a compris que je crevais la dalle. Je la regarde moi aussi en souriant. Sous ses traits de vieille femme usée par la vie et les éléments, réapparaît la beauté de sa jeunesse. Je l'imagine avec trente ans de moins, jeune Quechua travaillant dur, s'occupant de son foyer, de ses enfants, comme ses ancêtres avant elle. Nos regards se croisent un instant, dans ses yeux perle toute l'Amérique latine, ses peuples, ses luttes, ses couleurs chatoyantes, ses joies et ses tristesses. Si je ne gardais qu'une image de mon voyage, ce serait cette étincelle dans les yeux de cette femme. Tout est là, la vie, la mort, un continent. Il n'y a rien à rajouter, rien à enlever. Elle cuisine dans de grandes gamelles de métal, sur un réchaud rudimentaire chauffé au feu de bois et me lance de furtifs coups d'œil. De temps en temps elle ravive les braises et jette deux bûches dans le brasier. Simplicité de rigueur et sobriété. Pas besoin d'une grande cuisine super équipée d'une modernité inimaginable pour régaler son monde. Je mange mieux ici que chez mes amis à cuisines ultra-modernes. La fumée du foyer tourne autour de moi, me parfume et, plus rugueuse que la fumée du copal dans l'église, me pique les yeux, irrite ma gorge, puis part d'un coup dans l'autre sens, chassée par une rafale de vent. Entre deux gorgées de bière, j'observe de loin et avec curiosité les musiciens toujours écroulés au sol, assommés par l'alcool et par la fatigue. A quoi bon se préoccuper pour eux, on sait qu'ils se relèveront dans un moment, ce soir ou demain, comme des acteurs quand le réalisateur crie : coupez ! Qu'importe le spectacle, pour eux le temps s'est figé, un de ces jours ils iront mieux. Les vieilles miséreuses ont fini de tourner autour de la statue de la Vierge qui reste maintenant seule, abandonnée, plantée au milieu du terrain, surveillée par personne.

Qu'est-ce que j'attends ici ? Est-ce ma place ? Une étape sur ma route ? Dans mon esprit, j'ai encore les saveurs et les sentiments d'Ollantaytambo. Mon corps est ici mais mon cœur est là-bas. Le miel de la petite maison emplit ma bouche, goût de liberté. Je ressens encore le soleil sur mes paupières fermées, le silence de la nuit constellée d'étoiles, le regard de mes amis, notre nonchalance... J'en suis déjà en manque... Cette foule colorée priant la Vierge d'Urubamba, c'est mes frères aussi. Je voudrais devenir transparent, porter ce catafalque jusqu'à la porte de l'église, rester béat face aux murs blancs et en oublier jusqu'à mon nom, en oublier jusqu'au fait que j'ai aimé, j'ai existé, j'ai parcouru mon chemin de braises... Je poursuis ma route, pas à pas, étape après étape, tel Ulysse... Je navigue à vue d'œil, le long des côtes, explorateur de moi-même, observateur du monde, au cœur du monde. Je suis las de chercher ce qu'il n'y a pas à trouver. Serai-je moi-même la perle rare au bout du chemin ? Quand mon bateau atteindra-t-il le port ? L'éternelle quête est fatigante. Où est Argos ?

Perdu dans mes rêveries, et observant de loin le déroulement des festivités, distant d'un monde qui m'entoure, j'identifie tout de suite les deux types qui s'installent à côté de moi. Leurs visages ne me sont pas inconnus. Je me bouge un peu pour leur laisser de la place. Deux jolis lascars de la famille de Don Corleone. Souvenirs, flashs rapides : accident de bus, auto-stop, pick-up, les deux briscards, avec au moins deux kilos de marijuana dans le sac, le flingue et les balles, l'arrivée à Ollantaytambo. Toujours habillés sport, avec lunettes noires, jeans de marque et jolies chaussures en cuir, rien à voir avec les montagnards qui nous cernent. Au retour comme à l'aller les mêmes anges noirs croisent mon chemin. Le hasard n'existe pas.

— Salut *amigo*. Alors, toujours par ici ? m'interroge le plus souriant des deux.

— Toujours. C'est dur de quitter la vallée, la lumière est trop belle.

— Et le Machu ? Alors ? T'y es allé ?, cherche à savoir l'autre.

Je leur raconte alors notre nuit sur le Huayna Picchu, le retour fou par la forêt avec la marche le long de l'Urubamba. Ils m'écoutent surpris. Leurs sourcils se relèvent. Ils me dévisagent tel Orphée revenu des Enfers. Serais-je un rescapé, un miraculé de la cordillère ? J'ai l'impression qu'ils ne croient pas un mot de mon histoire. Malgré mon apparence de plus en plus christique, je ne fais toujours pas de miracles, je ne raconte pas que j'ai marché sur l'eau, ni multiplier les pains, juste et simplement le retour du Machu.

— Vous avez eu de la chance, les policiers par là-bas sont dangereux, de vrais fous furieux.

Pendant que l'un d'eux me raconte les déboires subis par des touristes expulsés du Machu Picchu *manu militari*, pour la moindre incartade, l'autre est parti chercher trois bières, trois belles bouteilles d'un demi-litre, format habituel sous ces latitudes. Pour le repas, les Quechuas se sont rassemblés par familles ou par groupes d'amis. Les musiciens se sont relevés, comme par miracle, mais dans de sales états, encore plus hirsutes et sales. Ils s'apprêtent à se relancer dans des mélodies entêtantes. *Ta ta taaaa ta ta tata.* Le voilà le miracle de la Vierge d'Urubamba, les alcoolisés revenant du pays des limbes comme par enchantement et se relançant sur-le-champ dans la ritournelle entêtante. *Ta ta taaaa ta ta tata...*

— Vous êtes venus pour cette fête ?

J'ai l'art de cultiver ce style poseur de questions, toujours trop curieux, cette sale manie me perdra. Après un court silence, celui qui parle le moins daigne me répondre. Facile de voir que je ne suis pas de la police, qu'ils peuvent raconter en toute sécurité.

— Oui et non, on avait des négoces à régler par ici. Le commerce. On en profite d'être là pour venir à cette fête. Les gens se réunissent souvent par ici. Y'a toujours un bon prétexte pour la musique et les processions.

— Et pour vider des bouteilles de Pisco, dis-je, cynique.

Sirotant tranquillement ma bière, je m'efforce de regarder ailleurs, ne voulant pas trop lier conversation. Prudence ! Pas question de m'acoquiner avec des dealers en voyage. Je repense au sac rempli de sachets d'herbe et au revolver aperçu dans le pick-up. Pas discrets les gonzes quand même, quand j'y repense, devant un étranger. Je pourrais être un agent de la Drug Enforcement Administration déguisé en baba cool ! Ces deux numéros, Pedro et Miguel, ne sont pas assez méfiants. D'ailleurs, un jour je pourrais me reconvertir en agent de la DEA, avec la moitié de ce que je sais, des têtes pourraient rouler du côté de Cuzco. Ces deux gaillards-là sont pourtant de bons commerçants. L'herbe qu'ils m'ont vendue n'a pas duré longtemps, trois ou quatre jours à peine, mais c'était de la bonne, qualité supérieure. Mais ils manigancent quoi par ici, ces deux gugusses ? Sans aucun doute ils traficotent, contre-bande, livraisons de substances interdites, vente d'armes, racket, hommes de mains pour les gros barons des mafias péruviennes ? Je le connais leur commerce, pas besoin de me dessiner le topo. En fin de compte ce n'est pas mon business, leur vie ne me regarde pas. Je sais juste qu'ils s'appellent Miguel et Pedro, et d'après ce qu'ils m'ont raconté, ils sont de la région. Enfin, c'est ce qu'ils ont voulu que je gobe.

J'ai terminé ma bière et j'écoute les musiciens jouant un de leur morceau favori. *Ta ta taaaa ta ta tata.* Voilà la rengaine obsédante qui repart de plus belle ! Les deux paroissiens, à côté de moi, prennent leur temps pour manger et papoter avec la vieille femme. Il est déjà plus de trois heures de l'après-midi, et je garde toujours espoir d'être à Cuzco dans la soirée, si une âme charitable a pitié d'un pauvre routard, planté sur le bord d'une route dans la cordillère des Andes. D'ici à Cuzco il n'y a que deux heures de route, je devrais plier le trajet assez vite. Hors de question d'y passer trois jours.

— Toujours le stop ?

— Non, on a récupéré une voiture. On part pour Quillabamba.

— On aurait pu te ramener à Cuzco,. mais c'est pas notre route. Désolé... On va dans l'autre sens.

— Ah je connais Quillabamba les gars, merci beaucoup, ah ah... J'y suis passé le mois dernier... Trop chaud... Trop de moustiques. Je vous le laisse votre

Quillabamba. Ah oui, merci, chaleur et moustiques, j'ai donné, dis-je soulagé de ne pas partir en vadrouille avec ces deux mafieux ambulants.

Allez savoir en plus ce qu'il y a dans le coffre de la bagnole. Je veux pas paranoïer, amis lecteurs, mais vous feriez quoi à ma place ? Moi je ne me risquerais pas à trop fouiner, la curiosité est un vilain défaut selon avec qui on traîne. Tant pis pour vous, vous devrez imaginer la suite des aventures de Pedro et Miguel, et tant mieux pour moi s'ils partent dans l'autre sens. Je ferai du stop, même si ce n'est pas toujours facile, et je rencontrerai des gens sûrement charmants.

Rassuré, je leur propose une autre bière et, sans attendre leur réponse, je pars chercher trois bouteilles. Ces deux types sont des taiseux. Nous nous posons devant l'église où des familles vont et viennent. Assis par terre, dos appuyés à un mur, près de la porte, nous nous laissons submerger par le brouhaha de cette fête traditionnelle, la foule dévote, le désordre incessant autour de l'église, les Quechuas qui dansent et s'interpellent. Devant nous des femmes passent humblement, les bras chargés de bouquets, simples offrandes à la Vierge, des hommes n'oublient pas de se découvrir en franchissant le seuil de l'église. Plus loin des enfants s'éloignent des jupes de leurs mères pour courir dans la poussière, spectacle universel. Encore plus loin, entre les baraques d'alcool et de victuailles, les musiciens ont repris leur sarabande, *ta ta taaaa ta ta tata.* Ils se traînent sans trop savoir où aller. Ils devraient le savoir pourtant, il n'y a nulle part où aller, le seul chemin est à l'intérieur de soi. Ils sont suivis par une dizaine de danseurs dépenaillés, les rescapés de la première beuverie. A chaque halte de nouveaux participants se laissent emporter par le rythme envoûtant des instruments, charangos, grelots et bombos. *Ta ta taaaa ta ta tata.* D'un côté ils sont lassants, c'est toujours pareil, répétitif, incantatoire, de l'autre j'ai envie de me laisser entraîner moi aussi par cette mélodie traditionnelle. Difficile de résister. *Ta ta taaaa ta ta tata bomm bomm.* Le bombo m'appelle. Bomm bomm... Les musiciens s'approchent de nous, ils sont à cinq mètres. Après un instant d'hésitation, je me lève et me laisse embarquer dans la danse par la sarabande endiablée. Deux types me prennent par la main et me tirent vers eux, m'emmènent dans la ronde. Je tourne comme une toupie, virevolte sur moi-même, ta *ta taaaa ta ta tata... bomm bomm.* Les yeux fermés, Dieu dans la tête, je tournicote et me perds dans cette danse frénétique, *Ta ta taaaa ta ta tata... bomm bomm.* Je danse et marque le rythme de mes pieds trop lourds qui frappent le sol en cadence. Combien de temps, je ne sais pas, mais assez pour que mon esprit s'envole, plane avec les condors, traverse les nuages. Je n'ai jamais été un grand danseur, trop lourd, toujours hors tempo. Je me dandine sans grâce plus que je ne danse. Soudain, retour sur terre. La musique s'est arrêtée brusquement, tout net. Interruption violente, pire qu'un réveil matin. J'ouvre les yeux d'un coup et face à moi, le visage grimaçant d'un vieux Péruvien édenté me fixe, hilare, et me ramène à la réalité. Je suis un routard européen, pas un Quechua d'Urubamba, un triste rejeton d'Ulysse, en mal d'aventures, sur le chemin de la découverte de lui-même.

Cuzco ! Retour à Cuzco ! La moitié de ma troisième bouteille de bière bue, je pense à Cuzco. Cuzco, j'arrive ! J'ai encore de la route avant de te retrouver, cité chère à mon cœur. Allez, partons ! Pas un bus par ici, pas un *colectivo,* rien.

Reprendre l'auto-stop, retrouver ma triste condition de routard, quelle dèche !

— On se recroisera un de ces jours, m'assure Miguel sûr de lui.

— Et après Cuzco ?, me demande Pedro.

— Après Cuzco ? Vers la Bolivie je crois... Pas sûr encore

— Ah la Bolivie. Oui tu dois visiter la Bolivie, un beau pays. Et pas cher en plus. Tu vas adorer, rajoute Miguel.

— En Bolivie tu as tout ce que tu veux, ajoute Pedro en souriant, nous aussi nous pensons y aller un de ces jours.

Je les abandonne là, contre le mur de cette église, cachés derrière leurs lunettes noires comme deux policiers surveillant la foule. Ils me suivent du regard et me saluent de loin une dernière fois.

Miguel et Pedro, une énigme.

— Bon voyage, *amigo de Francia,* bonjour à la Bolivie ! Bonne route !...

Je m'éloigne à regret de cet altiplano où les Quechuas sont lancés pour une fête qui durera au moins le reste de la journée et une grande partie de la nuit, partis à dansotter au son d'orchestres folkloriques, à s'imbiber de cet alcool rustique qui coule à flots, à s'enfumer dans des gargotes de plats épicés. Je pars car je ne n'habite pas ici, j'ai un voyage qui m'attend au bout de la route.

Ulysse ne stagne pas.

Je ne prendrai pas racine ici.

Cuzco m'attend.

Et la Bolivie aussi, plus loin, à l'horizon.

Un couple de Japonais et une Ford Taunus

En plein soleil, sac balancé à côté de moi, je tape l'auto-stop sur la seule route qui mène du village d'Urubamba à Cuzco. Routard éternel, impassible bourlingueur, toujours à contre-courant. Auto-stop, ou essai d'auto-stop ? Disons une tentative désespérée d'auto-stop, avec le fol espoir qu'une bagnole charitable me ramasse, m'aide à rallier Cuzco, dans ce pays d'aventures où le stop ne marche pas le moins du monde. Je sollicite les rares véhicules, par le signe conventionnel, bras droit tendu vers le bas, pouce levé. Déjà qu'il n'a pas été facile de trouver un mètre carré où se poser, entre la route et les rochers, cinq mètres carrés où un véhicule pourrait s'arrêter. Peu de voitures circulent, et malgré la fête proche, pas un seul bus ni même un colectivo pour récupérer le voyageur du dimanche. Encore moins un camion débâché pour me prendre avec sa cargaison. Rien en vue. C'est la zone, la zone campagnarde. Le dimanche après-midi à croire que le pays est figé, plus rien ne bouge, personne ne se déplace. Mais qu'est-ce qu'ils font tous ?

J'attends mon sauveur en piétinant, imbécile planté en bord de route. C'est pénible et long. Faut avoir les nerfs solides, je vous jure, c'est pas une sinécure. L'auto-stop est l'école de la patience, donc j'apprends à rester zen. J'en ai croisé quelques-uns, des speeds, des malades de l'énervement qui devraient s'y adonner plus souvent. Ulysse était-il bloqué dans des ports ou des îles, avant de lever l'ancre ? Oui, chez Calypso. Le principe de l'auto-stop, en ces contrées sans véhicules, est de ne jamais relâcher l'attention, pas d'éloignement temporaire, pas de promenade alentour entre deux voitures. Être là au bon moment, quand le vent se lève, quand passe l'éventuel bon samaritain, c'est la règle. Trois pick-up me frôlent en soulevant un nuage de poussière. Ils sont chargés de Quechuas repartant vers leurs lointains villages. Les types me saluent en m'envoyant des vannes. Petits rigolos ! Riez, payez vous ma tronche ! Je m'en souviendrai si un jour les rôles sont inversés. Tous les prétextes leur sont bons pour se marrer. Comme des enfants, un rien les amuse.

Esprits joueurs et moqueurs, vous ne briserez pas mes nerfs.

Une heure et demie que je suis là, la situation tourne vinaigre, désespérante. Les deux bières que j'ai bues ne me tournent pas la tête mais ne me donnent pas non plus envie de trop crapahuter. Deux heures de route c'est pourtant pas énorme, mais non, en ce dimanche après-midi rien ne circule. Pas un chat. Bon, je fais quoi ? Il va falloir prendre une décision. Inévitablement je gamberge et échafaude un autre scénario. Je m'imagine déjà aller au village d'Urubamba, y passer la nuit et prendre le premier colectivo possible, demain matin, pour rejoindre Cuzco. Revenir à Cuzco un lundi, quand commence la semaine, quelle banalité ! Rester par ici serait d'ailleurs un bon prétexte pour repasser à la kermesse, boire une dernière bière, ou plusieurs, me mélanger à ces foules de paysans, écouter ces musiques traditionnelles toute la nuit comme un privilégié, seul étranger à des kilomètres à la ronde, j'y retrouverai peut-être Pedro et Miguel qui doivent avoir un truc à fumer ou à sniffer. C'est une solution comme une autre. Et puis débarquer à Cuzco aujourd'hui ou demain, aucune différence, aucune Pénélope ne m'attend pour le repas du soir.

Quatre heures de l'après-midi. Je suis toujours là, debout au bord de cette désagréable route poussiéreuse et sans ombre, à échafauder des scénarios, à peser le pour et le contre.

Encore dix minutes. Encore cinq minutes. Une de plus et allez, si personne n'arrive je repars à pied dans l'autre sens, au village.

Soudain, comme dans un film américain, une Ford Taunus rouge, vieux modèle des années soixante, s'arrête à ma hauteur en crissant des pneus. La passagère, le visage caché derrière de grandes lunettes noires, baisse la vitre, me toise rapido, me jauge, puis, après avoir échangé trois mots incompréhensibles avec le chauffeur, m'invite à monter à l'arrière d'un mouvement de tête. Tout arrive à point à qui sait attendre, et c'est quand j'allais jeter l'éponge, abandonner cette tentative de voyage en stop, désespéré de l'égoïsme et du peu de fraternité humaine, que la chance m'a souri. Mes bienfaiteurs du jour ont eu pitié du pauvre chevelu campé en plein soleil.

La providence m'a envoyé ce couple de touristes nippons en vadrouille, en roue libre totale, qui redescend vers Cuzco après avoir passé une semaine dans les villages, le long de l'Urubamba. Ils ont quatre ou cinq ans de plus que moi, vingt-cinq ans peut-être, propres sur eux, pas des routards dégingandés, ni des traîne-savates paresseux à souhait. Ils arpentent la Vallée Sacrée, visitent les sites archéologiques, vont d'un côté, de l'autre, sans but précis et prennent leur temps au volant de cette belle voiture américaine. Prévoyants, ils ont une réserve de bouteilles de bière, douze au moins, d'un litre chacune, posée sur le siège arrière, dans une caisse en carton. Voilà de la munition pour affronter la poussière de l'altiplano. Encore de la bière ! Dans les pays à eau du robinet peu potable, qui peut provoquer dysenterie et gastro-entérite, vaut mieux boire de l'embouteillé, bières locales, boissons gazeuses ou Coca-Cola Cie, conseil d'ami. Tenez-vous le pour dit.

Moi qui me croyais sauvé, vous parlez ! L'aventure continue dans l'étrange avec ces deux originaux. C'est au moment où l'on se croit sorti d'affaire qu'en fait, en y regardant bien, la saga continue, et à fond les manettes en plus. Comme si j'avais remis une pièce dans le juke-box pour que la chansonnette surréaliste reparte de plus belle.

Pour commencer, nous n'avons pas parcouru deux cents mètres, que la conduite décontractée du chauffeur me saute aux yeux. Il roule lentement, au milieu de la route, le bras gauche ballant par la fenêtre, une bouteille ouverte posée à côté de lui, dont il ingurgite une gorgée toutes les trente secondes.

C'est ma chance. Je collectionne les péripéties scabreuses. Me voilà maintenant embarqué avec un chauffeur biberonnant de la cervoise tiède sur les routes de la cordillère. Accident à l'aller, accident au retour ? C'est un voyage en roue libre. J'aurais préféré une famille au complet, parlant tous en même temps, comme des Italiens, quitte à supporter des gamins pleurnichards et des questions en rafale.

La fille surveille la route d'un œil discret et lit à voix haute, en japonnais, un guide touristique. Que peut-il y avoir de drôle dans ce livre ? A intervalles réguliers, ils éclatent de rire comme des gamins. Leur bonne humeur est communicative. Affalé sur le siège de skaï noir, je ris moi aussi, sans savoir pourquoi. Par moments, au détour de la route, la fille montre des recoins de montagne, des rochers qui me paraissent insignifiants, trois cailloux, un virage, prononce deux phrases, trois mots à peine, et ils s'esclaffent encore de bon cœur. A-t-elle des visions ou imagine-t-elle des univers fantastiques ? Peut-être est-elle un troll déguisé en humaine, avec le pouvoir de voir les mondes invisibles qui nous entourent.

On est encore loin de Cuzco ?

Les rires continuant, la question se pose vraiment, inévitable, ont-ils pris quelque produit euphorisant qui les rend joyeux pour un rien ? Ils ricanent du moindre détail, comme des enfants dans un parc d'aventures. Peut-être distinguent-ils sur le bord de la route des êtres et des créatures que je ne remarque pas ? Peut-être ont-ils gobé des acides, ou atteint une autre dimension ? Je connais la chanson, camarades voyageurs, à moi vous ne me raconterez pas de sornettes, un produit chimique se promène dans les replis de leur cerveau et si cette euphorie est leur état normal, ils n'enrichiront pas les dealers qui traînent à Cuzco.

— Prends une bière, *my friend amigo* ! Pas fraîches, mais ça reste de la bière, amigo, m'exhorte-t-il en *espanglais*, dans un mélange assez amusant d'espagnol et d'anglais, parlé par beaucoup de jeunes voyageurs dans la région.

De temps à autre, il jette des coups d'œil rapides et pas trop délicats dans le rétroviseur. J'ai croisé plusieurs fois son regard. Il a dû comprendre que leur attitude me paraît assez étrange. J'en ai pourtant déjà croisé des allumés dans leur style, c'est pas au routard illuminé que l'on apprend les effets des psychotropes, à d'autres la fabulette, petits malins. Je ne peux m'empêcher de sourire à les écouter. Ils m'entraînent dans leur hilarité. La vague du fou-rire me submerge. Un vrai plaisir de se lâcher sans aucune raison, une bière à la main, calé au fond de cette caisse digne d'une série américaine des années soixante, avec ces montagnes péruviennes qui défilent, tantôt côté cour, tantôt côté jardin. S'esclaffer sans savoir pourquoi est le comble du bonheur. C'est nerveux, comme dans un enterrement, étrange sensation venue du tréfonds de mon corps, impossible à réfréner. Espérons qu'ils ne vont pas s'imaginer que je me moque de leurs facéties ou de leur langue, loin de moi cette attitude, trop reconnaissant d'avoir été levé au détour de la route. Au mot de « *amigo* » la fille éclate de rire une nouvelle fois, répétant machinalement, comme un robot, « *amigo... amigo... amigo...* » entre deux saccades. C'est leur « *private-joke* ». Serais-je leur sujet de rigolade ? *Amigo...* amigo..., les Asiatiques resteront toujours pour moi un grand mystère.

Les hurluberlus vont toujours par deux. On est encore loin de Cuzco ?

En roulant aussi lentement nous ne risquons pas de dépasser la vitesse autorisée. Arriverons-nous un jour à Cuzco ? Le gars a une conduite cool, trop cool, c'est le moins qu'on puisse dire. Il se méfie sûrement des Péruviens sur la route, je le comprends. Il s'attend sans doute à croiser un lama qui déboucherait entre deux rochers, à trouver un prêtre inca gesticulant au milieu du chemin. Il conduit de la main gauche et tient sa bouteille de la main droite. En vérité ce type est un génie, il a résolu la question du boire ou conduire, il pratique les deux en même temps. J'estime sa capacité à éviter les ravins et à prendre les virages en restant sur la droite. Surtout ne pas montrer que je balise. Pour les accidents en montagne c'est bon, je passe, j'ai donné, plus besoin d'y revenir, j'ai vu, j'ai expérimenté, une fois suffira. Mais jusque là, la situation est sous contrôle, le retour se passe comme il se doit. Nous arriverons tard, mais nous devrions y être sains et saufs. J'ai réussi à éviter les deux mafieux Pedro et Miguel, et me voilà embrigadé dans une voiture qui traverse la vallée sacrée des Incas au ralenti, conduite par un Japonais assoiffé, fonctionnant sous substance prohibée, accompagné d'une Japonaise moitié dingue, qu'un rien amuse et qui semble voir des trolls derrière le moindre caillou.

Rien d'anormal, jusque là tout va bien.

On est encore loin de Cuzco ?

Je leur ai avoué que je n'étais pas pressé, que personne ne m'attendait, donc, outre le fait de ne pas se hâter, ils s'arrêtent souvent, tous les trois ou quatre kilomètres, devant des églises fermées, face à la plus modeste cahute en pisé, au moindre point de vue sympathique digne d'un cliché. Ils descendent du véhicule en riant, lentement, appareils photos à la main, mitraillent tout ce qui bouge, tout ce qui tient debout, tout ce qui fera souvenir, toute trace humaine, gesticulent et s'exclament, rient aux éclats. J'ai beau observer les alentours, me forcer à comprendre, je ne remarque rien de drôle dans le panorama. Ils ont pris des pilules euphorisantes, de l'herbe verte qui rend heureux, c'est évident. Personne ne peut être aussi nigaud naturellement. Les arrêts peuvent durer longtemps, plusieurs minutes. Il ouvre une nouvelle bouteille, dos à la voiture, va vidanger la précédente, fume une cigarette, donne un coup de pied dans un caillou, me sourit bêtement, interpelle sa compagne à haute voix, me parle en japonais comme si nous avions gardé les vaches ensemble, joue du tam-tam sur le capot, de plus en plus fort, de plus en plus en plus vite, prend une photo, s'assoit derrière le volant, allume une nouvelle clope et n'attend pas que les portes soient fermées pour démarrer. Pendant qu'il gesticule et s'adonne à ces simagrées loufoques, elle se promène autour du véhicule, nonchalante, cherche un bon angle pour un cliché, observe pensive le paysage, comme si elle cherchait à réaliser la photo du siècle ou aller écrire un haïku. En vérité, c'est surtout eux qui sont spéciaux, et moi qui devrais les prendre en photo. J'aimerais avoir une caméra et tourner un film loufoque, je l'appellerais *Deux loufoques vers Cuzco*, ce serait un grand succès. Ils mitraillent tellement, autant elle que lui, que j'en conclus qu'ils observeront les détails en rentrant chez eux, une fois les photos développées, comme la majorité des touristes.

A cette vitesse, je sens qu'on va y passer la nuit, on sera à Cuzco lundi matin.

Moi, un peu trop blasé, je ne réalise plus beaucoup de photos, ou juste des clichés gravés directement dans mon cerveau. Je cligne des yeux deux fois et clic-clac la photo est prise. Je jouis du paysage avec mon seul regard. Clic-clac, c'est gravé dans les circuits internes, psycho-photo enregistrée dans ma mémoire photographique. Plus besoin de pellicules, cette atmosphère péruvienne je m'en souviendrai toute ma vie, j'en suis sûr.

Stoppés une fois de plus dans un virage, nous régalant d'un magnifique point de vue, seuls au monde, nous sommes en suspension dans l'air pur des Andes. Le ciel est d'un bleu magnifique, immaculé, sans un seul stratus, pas le moindre cirrus, bleu immense recouvrant la Terre, pureté absolue. Bien qu'en altitude, je transpire, le soleil brûle ma peau et chauffe mes cheveux en bataille.

Je me sens étrangement en confiance avec ces deux farfelus, leur bonne humeur me remonte le moral, ma tristesse d'avoir quitté la maison d'Ollantaytambo s'est dissipée.

Dans les instants de calme, je repense à mes amis, Joseph et les filles, restés là-bas encore pour un jour ou deux et qui ont décidé de partir pour d'autres routes, à mes amis en France, ma famille, à tous ces fils ténus qui nous relient, liens d'amitié et d'amour. Je sais que je les retrouverai un jour.

Assis à l'arrière de cette Ford Taunus, entre un carton de bouteilles de bière et mon sac à dos, je me laisse conduire comme un prince, ou comme un passager clandestin. Le long de la route, les rochers de la cordillère changent de couleurs avec les reflets du soleil couchant. La lumière du ciel n'est plus qu'une vibration, un discret nuage de couleurs projeté sur nous par le souffle ténu des esprits de la montagne.

On est encore loin de Cuzco ?

J'aimerais voir la ville avant la nuit, m'offrir un vrai repas, boire un verre dans un bar…

Et puis il y a cette fille.

Elle est d'une beauté angélique. Un elfe asiatique, aux longs cheveux noirs et au sourire discret et charmeur. Je l'ai remarquée dès qu'elle a baissé la vitre de la voiture, me demandant où j'allais.

— Vous ne voyagez qu'en auto-stop ?, me demande-t-elle soudainement, en se retournant vers moi et en passant d'un coup de l'anglais à un espagnol parfait.

Je lui raconte mon parcours, machinalement, sans trop de gloire ni sans rajouter de détails extravagants. Je la dévore des yeux, impudemment. Ses yeux en amande m'hypnotisent et le contraste de ses longs cheveux d'ébène coulant nonchalamment sur sa peau claire me fascinent. Son regard me cloue sur le siège, regard pourtant plein de douceur, regard d'un ange débarqué du ciel. Créature envoûtante d'opaline et de nacre, la texture de sa peau semble d'une douceur incroyable, je la sens belle mais fragile. Assise à cinquante centimètres devant moi, il me suffirait de tendre le bras pour la toucher, pour caresser ses cheveux, mais si je franchis cette barrière j'ai peur qu'elle ne s'évapore, ou que son compagnon n'apprécie pas trop mon geste. Ma grand-mère me le disait toujours, si tu oses toucher une fée, elle disparaîtra. Vu ses coups d'œil et son sourire malicieux pas besoin d'être grand clerc pour comprendre que cette fée-là a deviné que sa beauté ne me laissait pas indifférent.

Surtout ne pas laisser paraître que je suis troublé. Bruce Lee au volant pourrait passer de gentil à furieux. On est encore loin de Cuzco ?

Mes deux hôtes s'appellent Hanaka et Haruto. Hanaka veut dire fleur et Haruto, lumière du soleil.

— Et vous, vous voyagez depuis longtemps au Pérou ?, leur demandé-je pour créer une diversion.

— Depuis quatre mois. On a acheté cette caisse en Colombie On va où on veut quand on veut, me répond-elle.

— On est plus libre. Sur les routes la méfiance est impérative. Ils conduisent mal, vite et mal. Et attention avec les camions, de vrais fous du volant. Les bus n'en parlons même pas. Les accidents sont fréquents, ajoute le gars, redevenu sérieux.

— Traverser l'Équateur et le nord du Pérou en voiture, bon courage, faut savoir conduire. Y'a des camions, des bus. La peur n'a pas sa place dans le scénario. Et en montagne ça monte, ça monte, ça n'en finit pas de monter. Rester calme est le principe de base, *amigo mio*, rajoute-t-elle, avec ce sourire qui ponctue ses phrases.

— J'imagine. Prêter attention aux voitures, oui, c'est sûr. Mais on peut aussi avoir des accidents avec les bus trop nerveux.

Je me souviens de mon accident dans la montagne, comme si c'était hier. Je suis passé près de la catastrophe ultime, un miraculé.

Son compagnon me demande une bière et m'ordonne en riant de m'en servir une.

— Allons, pas de manière, *my friend amigo,* une bonne bière. Laisse-toi aller, tu as soif !

— Quelqu'un doit rester sobre dans cette histoire, me répond-t-elle en refusant la bouteille que je lui propose.

Nous rions de bon cœur, comme des enfants. Il vaut mieux en rire que de se soucier si la Taunus va s'encastrer dans un rocher, au prochain virage, comme un bus de troisième zone. Le gars va-t-il nous offrir le grand plongeon entre deux gorgées de bière ? Dans le rétro ses yeux rouges ne me lâchent toujours pas, ni son rictus aigre-doux. Il a dû se rendre compte que sa jolie compagne ne me laisse pas de marbre. Prudence, même si j'ai du mal à ne pas l'observer, assise là devant moi.

Il conduit de plus en plus fébrilement, n'importe comment, en se donnant de grands airs de roi de la route. Est-ce qu'il contrôle encore le véhicule ou est-ce la Taunus qui choisit le chemin toute seule ? A moins de prendre les pistes qui montent vers des maisons isolées, pas moyen de se tromper, pour Cuzco c'est tout droit, il faut suivre la seule et unique route goudronnée. Hanaka, elle, a droit à des regards méchants, de plus en plus nerveux. Il fronce les sourcils et pince ses lèvres en la dévisageant avec insistance. Ce mec n'est pas normal, j'en suis sûr. Voilà mon diagnostic sans appel. J'ai affaire à un dingue. Méfiance avec le kamikaze.

Et soudain, avant Cuzco, alors que je ne prête même plus attention au décor, la dispute éclate, comme un coup de tonnerre dans le ciel de Vilcabamba.

Je ne sais pas un mot de japonais, mais vu le ton de sa voix, ses soubresauts grotesques, ses petits cris de rat pris dans un piège, je saisis que ça chauffe à l'avant de la voiture. J'espère ne pas être la cause de cette embrouille. Il lui gueule dessus de plus en plus vite et de plus en plus fort. Mais qu'a-t-elle dit, qu'a-t'elle fait pour supporter cet imbécile ? On ne parle pas comme ça aux gens, ce n'est pas possible. Sa voix monte dans des aigus insupportables, des suraigus qui me clouent au fond de mon siège, et tant pis pour mes oreilles plus habituées au doux murmure du vent d'Ollantaytambo. Le véhicule zigzague au milieu de la route. Le braillard donne des coups de volant, freine d'un coup, se retourne vers elle, hystérique, l'abreuvant de paroles. Je suis tétanisé sur mon siège, essayant de me faire tout petit, de me faire oublier, mais ces deux-là se moquent que je sois là, ils savent que je n'entrave pas un mot de leur charabia. Elle balbutie quatre mots qu'elle répète indéfiniment, souffle et se défend, lui répond à peine, mais il est lancé, un vrai moulin à paroles. Qu'est-ce qu'il peut bien lui dire ? Il termine sa harangue en donnant un coup de poing sur le volant et en grognant comme un ours mal dégrossi, alors qu'elle reste silencieuse, la tête tournée de l'autre côté, regardant fixement le paysage. Un type violent, ce Haruto, le genre de paroissien auquel il vaut mieux éviter de chatouiller les oreilles. Moi je n'aime pas cette situation et je ne rêve que d'une chose : descendre de cette Ford Taunus et revenir aux pays des gens normaux. Au diable les bières et le confort de la voiture, je me sens mal, témoin de cette algarade aussi violente que soudaine. Je n'aime pas les gueulards, je ne les ai jamais aimés, ces abrutis qui hurlent contre leur femme, leurs enfants, leur chien, qui ne peuvent pas dire trois phrases sans hausser le ton. Loin de moi ces engeances. Go out ! Fuera !

Aux premières maisons je respire enfin, libéré, comme si on m'enlevait un poids des épaules. Cette odyssée a assez duré. Une journée entière pour un voyage qui normalement dure à peine plus de trois heures, bravo. J'ai battu mon propre record, revenir d'Ollantaytambo m'aura pris autant de temps que pour y aller. Personne ne me croira si je raconte cette aventure.

Sept heures du soir. La Taunus tourne autour de la Plaza de Armas. L'Ulysse des Andes est enfin revenu dans le « nombril du monde ».

— Nous avons une chambre d'hôtel réservée à deux rues d'ici, tu veux venir avec nous ?, me demande Haruto en clignant de l'œil.

Je décline poliment l'invitation. Très peu pour moi de continuer avec ce dingue. Je veux bien vivre toutes sortes d'aventures mais pas avec n'importe qui. Nous en resterons là, bon vent ! Ce garçon est insupportable.

— On se recroisera peut-être dans Cuzco, ajoute Hanaka.

J'évite de trop lui sourire, on ne sait jamais, Furieux nous écoute.

Lui, c'est un déjanté pas trop fréquentable. Des comme lui j'en ai tout un catalogue, des cahiers entiers. Je peux en refourguer à qui m'en demandera. On en croise de toutes sortes sur la route en cette fin des années soixante-dix. Les déboussolés, les anges déchus à fleur de peau, aux nerfs à vif, les énervés de rien du tout, les pas cool du tout, les pas sympathiques ronchons. Je les repère vite et je passe mon chemin.

Mais elle, *Mademoiselle Cheveux-de-jais*, je la regrette déjà.

Je ne me doute pas que je la retrouverai très bientôt, pour notre plus grand bonheur.

Et Pedro et Miguel, les deux inséparables mystérieux, je ne sais pas que je les reverrai plusieurs fois dans cette odyssée latino-américaine.

Mais ça c'est d'autres histoires...